徳 間 文 庫

海上保安庁情報調査室

FOX

川 嶋 芳 生
協力／竹岡　繁

徳 間 書 店

目次

理不尽なるものと戦い続ける
すべての人々に捧げる

バンカーの二人

二〇二×年七月三日午前五時四十五分、北朝鮮平壌《ピョンヤン》近郊からミサイルと思われる飛翔体が一機発射されたのをアメリカの軍事衛星が確認した。

ミサイルは高高度をめざして上昇しており、日本列島上空を通過する軌道に乗ると予想される。内陸部に落ちる可能性は五十パーセントから六十パーセント。着弾まで九分三十秒。防衛省はすでに迎撃態勢に入っている。

首相官邸は、国民に対しJアラート（全国瞬時警報システム）を発令するか否かの検討に入った。決断までの猶予は二分。

五時四十七分、ミサイルの軌道に変化が生じた。

五時四十八分、ミサイルは失速し、日本海の排他的経済水域に落下した。爆発は起こらなかった。

——失速はミスだったのか、それとも最初からそうプログラムされていたのか。

——そんなことより、問題は二つあります。

ひとつは、発射を事前に察知できなかったことです。これはミサイル燃料が液体式から固体式にかわり、発射までの時間が大幅に短縮されたことを意味しています。

もうひとつは、ミサイルがこれまでになく高高度まで上昇し、急角度で降下したことです。降下の角度が急になるほど、それを撃ち落とすのはむずかしくなります。北朝鮮のミサイル技術は確実かつ急速に進んでいます。そのことのアピールとして、今回の発射は十分な意味があったんです。

——なぜ、そんなに急速に技術が進んだんだろう。

——言いにくいことですが、日本からロケット技術が流出している可能性があります。

——何だって？

——未確認情報なのですが。

——それが事実とすれば大問題じゃないか。すぐ調べたまえ！

——われわれとしても情報収集は急ぎたいのですが……。

——諜報部門ならあるだろう、陸自にだって海自にだって！

――ただ、北朝鮮に特化した部署がないのです。いま、それを設置するために、海保で人選をしているところです。

――海保？　海上保安庁か？

――リーダーとして有望な男が一人います。言動も経歴も問題だらけですが、ＣＩＡを始めとする各国諜報機関と互角に渡りあえる数少ない人物で……。

――ちょっと待て。君の言ってるのは、まさかあの男のことじゃないだろうな？


ミサイル発射から一時間二十七分後。東京近郊のゴルフ場、第八ホールのバンカー。

砂の中に深く埋まりこんでいるボールをウェッジが強打したが、砂が派手にまきあがるだけで、ボールはまったく動かない。横で「十二」と声がした。

「くそっ！」四十歳代の、ナイキのポロシャツを着た白人男性は顔をしかめ、口から砂を吐き出してから、横で見ている日本人の男にたずねた。「この前頼んだあれは、どうなってる？」

日本人は、いかにもわざとらしい、たどたどしい日本語で答えた。「ボチボチ、デンナア」

ナイキの白人男性は頭髪が後退し、腹がつき出た典型的な中年体型だが、日本人の方はぴしりとしまった感じの筋肉質の体つきをしている。知らない者がみたら、とても同年代とは思わないだろう。

「そうか、ボチボチか」ナイキの男はそう言いながら、ウェッジで砂を叩いた。ボールは二センチほど浮きあがり、もとの場所に落ちた。

「十三」日本人はそう言ってからたずねた。「そっちのネタは?」

「不審船の資料だ。クロークに預けてあるから、あとで読んでくれ」ナイキの男はまた叩いた。また失敗だった。

「十四」日本人は言った。ナイキの男はやけくそ気味に笑いだした。

「わはははははは、このバンカーは今の世界と同じだ! どうにもならん」

「心配はいらない。いつものようにソンタク・ルールで行こう」日本人が言った。

「忖度か」ナイキの男は苦笑に近い笑みをうかべた。「ゼンショ(善処)が婉曲なノーだということはわりとすぐにわかったが、ソンタクとはどういうことなのかいまだによくわからん」

ウェッジが無駄に砂を叩いた。その時日本人が言った。

「おっ、あんなところにドローンが!」

「なに？」ナイキの男はオーバーな身振りで空を見た。

そのすきに日本人はボールを拾い、ぽいとグリーンに放った。「ナイスリカバー！」

「モンド・ソンタク（忖度ばんざい）！」ナイキの男は口笛を吹いた。

男たちは顔を見合わせて平和に笑い、グリーン上を歩き出した。

一章　着任

午前七時五分、東京都葛飾区・JR金町駅近くのマンションの一室。

海上保安庁二等海上保安正（二正）谷りさ子は、パジャマ姿のままスマホを手に立ちすくんでいる。

今日からあなたの上司になる山下正明は、部下を自分の手で殺した男です。
あなたもいつ殺されるかわかりません。気をつけなさい。

1

同じような内容のメールが、数日前から来ている。

〈山下正明は殺人者だ。六人殺している〉

〈民間人に対して、顔に濡れタオルをかぶせて水をかける拷問をしたことがある〉

〈功績は独り占めし、失敗は部下におしつける〉

いずれも差出人は不明だった。

いつまでも不審メールにかまっていられない。谷は大急ぎで身支度をすませた。

警備救難部救難課で潜水士として海上任務についていた谷が、上司から転属を言い渡されたのは一週間前だ。ひと月前から、実質的に休職状態が続いている。

「先日新設された情報調査室へ行ってもらう」上司は谷にむかって言った。

「本来なら辞令を手渡すところだが、今回それはない。この部署は存在しないことになっているからだ。君の所属も書類上はこれまで通り警備救難部だ」

「転属ですか」谷は胸の中でため息をついた。

調査室なんて、どうせ資料室に毛の生えたようなものでしょ。事実上の降格じゃない。

　まあ、しかたがない、自分は潜水士として失格なんだから。クビにならないだけましだと思わなければ。

「誤解しないでほしい、これは抜擢だ」上司は谷の心を読み取ったように、強くうなずきかけてきた。

「君の才能を活かせる場は、海難救助だけに限らない。それにここは、各方面から期待がかかっている重要な部署なんだ。

　海上ルートで密輸される麻薬の摘発、対テロ関連、そして北朝鮮に関連する事件の捜査をおもな任務とする精鋭部隊だ」上司はそう言いながら、机の上にひろげて置かれていた三冊の週刊誌を、伏せて置き直した。

「北朝鮮の動向を把握するためには、海外の情報機関との連携が不可欠だ。

　今回、新しい室長に任命されたのは、山下正明二等海上保安監（二監）だ。最近まで外務省に出向していたが、このために呼び戻されたんだ。いろいろと噂の多い男だが――」

　そう、噂の多い男なのだ。山下を上司に頂くことになったと谷が言うと、多くの仲間たちが顔をしかめ、それは大変だなと言った。

「まあ、からだにだけは気をつけて」

「あいつは部下を叱るとき、殴るぞ。やつの言う男女平等とは、男女平等に殴ることとなんだ」

「夜中に手を洗うそうだ。部下を殺した時の血がとれないと言って」

本当なのかと谷が問いただすと、みな一様に微妙な笑みを浮かべ、まあそのうちわかるからと言うのだった。

「噂の多い男だが、なにしろ人脈は豊富だしな」上司は谷の内心にはおかまいなく、うなずきかけた。

そのことは谷にもわかっていた。資料を読むかぎり山下の経歴は驚くべきもので、三十五歳でＳＳＴ（特殊警備隊）の小隊長をつとめて以来、名古屋海上保安部警備救難課長、警察庁生活安全局薬物対策課課長補佐（出向）、熊本県警生活安全部生活安全企画課長（同）、海保警備救難部海上研究課専門官、内閣情報調査室国際部門参事官（出向）、海保国際組織犯罪対策基地長、熊本海上保安部長、外務省国際情報統括官組織（出向）を歴任している。この間に、どれだけの人脈を獲得したことか。ただふしぎなのは――。

「ふしぎだと思っているだろう」上司は谷に笑いかけた。「これだけの実績の持ち主なのに、なぜ階級が二等保安監止まりなのか」

「はあ」谷はうなずいた。

「降格されたんだよ、それも二度」

「二度もですか。なぜです？」

「まあそれは、ここで言うべきことでもないし」上司はすこし目をそらして言った。「それに山下の実力は誰が見ても確かなものだ。だからこそ上層部も、室長として山下を選んだんだ。その山下にメンバーの人選は一任されている。その一人として、君に白羽の矢が立ったわけだ」

「光栄とは思いますが、ただ」谷はすこし戸惑いながら言った。「私には諜報活動の経験はありません。その私がなぜ――」

上司は、伏せて置かれた三冊の雑誌のうちのひとつを指さしてたずねた。「ここには何が書かれていた？」

「左ページは化粧品通販のカラー広告、右ページは編集後記とクロスワードパズルです」

谷はほとんど間をおかずに答えた。

「パズルを再現できるか？」

「はい」谷は手早く紙に格子を書くと、マスの一部を塗りつぶし、一部に文字を書き入れた。「ヒントの小文字までは記憶できませんでしたが」

上司は雑誌をひろげ、谷の書いたものと照合した。

「まったく同じだ。三冊の雑誌をひろげていた時間は二十秒もなかったが、あいかわらず見事なものだ」上司は微笑した。「資格なら十分にあるじゃないか。カメラもレコーダーもいらない、君のその注意力と記憶力を、先方は求めてるんだよ」

潜水士としての能力は求めていないわけですね――。谷は胸の中で、また自虐ぎみにため息をついた。

しかたないよね、潜るのがこわい潜水士なんて、潜水士とはいえないんだから。


今にも雨の降り出しそうなどんよりした天気だった。谷は自宅を出ると、ＪＲ金町駅をめざして歩いた。

上り電車に乗る。時間差通勤が奨励されているとはいえ、かなりの混雑だ。

イヤホンを耳にさしこみ、スマホでテレビのニュースを見た。北朝鮮のミサイル発射に関するニュースだった。この二ヵ月間に北朝鮮は五回ミサイル発射実験をおこなっている。

三日前に北朝鮮から発射され、日本海に落下した飛翔体は、新型の弾道ミサイルと特定された。ミサイル本体は二段式で、ミサイルが大気圏外に達したあとエンジン部分は日本海に落下、二段目も分離され、弾頭部分だけがさらに遠くの海に落下した。

北朝鮮のミサイルは発射のたびに到達距離を増しており、北朝鮮当局は、すでに自分たちのミサイルはアメリカ本土を射程内におさめていると豪語している。日本全土が射程内にあることは百パーセント間違いない。

そこで問題は、実際に日本めがけてミサイルが発射された場合、それを迎撃することはできるのかということだが——。

〝かなりむずかしいでしょう〟解説者が言った。

〝日本のミサイル防衛のかなめはイージスシステムですが、イージスは水平飛行してくるミサイルを迎撃する能力にはすぐれていますが、今回のように、短時間に高高度まで上昇してから急角度で落下してくるタイプのミサイルの迎撃には不向きで——〟

〝だからこそ、日本にも中距離ミサイルが必要なのです！〟ゲストの防衛大臣が、横から大声で言った。今年五十歳の、最近初孫が生まれたという女性大臣だ。

〝迎撃だけに頼らず、反撃、さらには自衛のための先制攻撃も視野にいれるべきです。いまやそういう段階に来ているのです〟

〝しかし、ミサイル戦争を現実のものと想定するなら、避難用のシェルターも同時に建設すべきでは？〟アナウンサーが問いかけると、防衛大臣は横をむき、聞こえないふりをした。

この大臣はいつもこうなのだ。ミサイル配備には熱心だが、シェルターについては一言も言及しようとしない。

谷は霞ケ関駅で地下鉄をおり、地上に出た。周囲の建物はすべて省庁だ。

「谷さーん」背後から男の声がし、谷は立ち止まって振り向いた。

開襟シャツにズボンというラフな服装の小太りの若い男が、汗だくになって近づいてくる。本人は走っているつもりなのだろうが、かなりの短足のため、普通の人が速足で歩くほどの速度しか出ていない。

「谷二正ですよね、あなたと同じ部署の加藤秀樹二正です」男は肩で息をしながら言った。

「室長は山下正明二等保安監（二監）、あなたと僕のほかのメンバーは——」

「吉本興治三監、水沼純三監、石竹数馬二正の三人でしょ」谷は、相手の階級が自分と同じとわかったので、軽い口調で話した。「名前はわかってるけど、どんな人たちなの？」

「石竹さんは特殊救難隊の巡視艇勤務、吉本さんは総務部情報通信課ですが、この吉本さんが実質的な室長です。山下さんは室長なのに、外回りばかりしてるもんですから。今日も朝からゴルフです」

「ゴルフ？」谷は思わず足を止めた。「室長が朝からゴルフをしてるの？」

「仕事ですよ仕事。相手はアメリカ大使館のトッド・ミラーというＣＩＡとも関係のある人なんですが、なにしろひどい腕前で、バンカーで七十六回たたいて結局出せなかったという伝説の持ち主です。そして水沼三監ですが」加藤はすこし小声になった。

「なに、どうしたの？」

「まあ、いまにわかります」

国家公安委員会、警察庁などの合同庁舎二号館を右手に見ながら歩くと、国土交通省・海上保安庁の合同庁舎三号館が見えてくる。

海上保安庁――職員数一万四千五三八人、予算一般会計二千二二一億円。所有船艇四五十隻、航空機八十五機。

その任務は、治安維持、海上交通の安全確保、救難態勢の維持、海上防災と海洋環境の保全、そして国内外機関との連携・協力だ。

職員は警察組織と同様にキャリア組、ノンキャリア組の二種類に分かれており、キャリアは三十歳代で昇進していくが、ノンキャリは在職期間のほぼすべてを現場でつとめて退職していく。海保の場合、キャリアの多くは海上保安大学校を出ている。

情報調査室は三号館の十階にある。谷は加藤と共にエレベーターを待った。

「山下さんについて、変なメールがたくさん来てるんだけど」谷が言うと、加藤は大きくうなずいた。「僕のところにもですよ」

「部下を殺したなんて、デマでしょ？」谷が言うと、加藤はちょっと顔をひきつらせ、いやそれは、と言いかけたが、ちょうどその時エレベーターが来た。

二人は十階で降り、廊下を進んだ。

各ドアには部署名が書かれているが、谷たちの前のドアには何も書かれていない。1007という番号だけだ。

「谷さん、調査室って資料室に毛の生えたようなものだと思ってるんじゃないですか？」

加藤はドアノブに手をかけながら、ニヤッと笑って言った。

「そんなことは」谷は少しドキリとしながら言った。

「僕も最初はそうだったんですがね。なかなかおもしろい部署ですよ」加藤はドアをあけた。

2

海上保安庁警備救難部　警備情報課　情報調査室
設置年月日　令和×年八月一日

年間予算　50，000，000円
統括責任者　野崎彰嘉（長官）
古賀孝俊（次長）
長谷川公彦（首席監察官）
構成員　山下正明（二監　外務省国際情報統括官室：出向）
吉本興治（三監　総務部情報通信課）
水沼純　（三監　装備技術部管理課）
石竹数馬（二正　警備救難部防災課）
加藤秀樹（二正　海洋情報部海洋調査課）
谷りさ子（二正　警備救難部特殊救難課）
設置目的　特定の軍事的脅威に特化した形での情報収集。
米・韓その他関係各国の課報機関と連携し、仮想敵国への技術情報流出を阻止する。
これにより国土防衛の強化に資すること。
許任事項　警察、公安、内閣調査室情報の利用
米国軍事偵察衛星情報の利用

身分証明書複数所持
銃器、特殊薬物、爆発物の使用

室長の山下は初日から不在で、吉本興治がかわりに朝の訓示をおこなった。この吉本は山下と入庁が同期で、プライベートでも友人同士らしい。

吉本の前に、調査室のメンバー四人が横一列に並んでいる。吉本から見て左からキャリア順に、水沼、石竹、谷、加藤だ。全員が日常業務用の上下ブルーの第四種制服を着ている。胸元には、JAPAN COAST GUARDのエンブレムがある。

谷は吉本を一目見て、疲れているんだなと思った。

渥美清そっくりの四角い顔にうっすらと汗を浮かべ、細い目をしょぼしょぼさせている。特に前の日に激務があったというわけではなく、これが常態なのだろう。中学二年の長男と小学六年の長女がいる。

「新任の谷君が来たので、あらためて言っておく」吉本は目をしょぼつかせながら言った。

「この部署は書類上は存在しない。君たちの所属も従来通りだ。かりに君たちが職務遂行中に負傷するか、あるいは死んだとしても、旧職場における事故という扱いになるから、そのつもりで――。

最近、北朝鮮のミサイル技術は飛躍的に向上し、その射程距離に日本のほぼ全土が入っている。国内にミサイルが飛来する事態がいよいよ現実味を帯びてきたということだ。

これは今回初めて分かったことだが、三日前のミサイルには日本の技術が使われている可能性がある」

「ええっ!?」谷は思わず声をあげたが、隣の加藤は平然としていた。

「やはりそうでしたか。固体燃料の安定化に関しては、日本は最先端ですからね」

「そのためなんですね。われわれが集められたのは」石竹数馬が言った。

今年三十一歳で、二年前に結婚しているがまだ子供はいない。実年齢よりずっと若く見える。白の体操服でも着せたら、日体大の体操部員といっても通用しそうだ。加藤の話では空手二段、柔道三段らしい。

「その通り。誰がどのような技術をリークしているかをつきとめ、必要とあればそれを阻止するのがわれわれの仕事だ。考えられるルートは三つある。

1・防衛省や軍事関連企業からの技術漏洩
2・大学など、研究室からの頭脳流出
3・軍事転用可能技術・製品の密輸

いずれにしても急がなければならない。アメリカも韓国も、この件についてはすでに調べ始めているはずだ。

アメリカは、アメリカ本土に対するミサイルの危険性が増したとして、日本に責任を負わせようとするだろう。思いやり予算の増額という形で。

韓国は韓国で、日本の瑕瑾《かきん》をアメリカにご注進することで日米間の関係を悪化させ、外交のバイアスを米韓へと転化させる考えだ」

谷は水沼の方を横目でうかがった。自分以外の唯一の女性隊員なので気になる。

水沼純は五十歳を過ぎているが、まぶたが大きくふくらみ、どこを見ているのかわからない茫洋とした目つきをしている。口元はむずと結ばれ、下唇は世の中におもしろいことなど何ひとつないというように前に突き出されている。海保の制服を着て猫背ぎみに起立しているより、三角の頭巾とマントをまとってぐつぐつ煮える薬鍋を柄杓《ひしゃく》でかきまわしている方がはるかに似合いそうだ。

水沼が横目で谷をにらみ返してきた。谷はあわてて目をそらした。

訓示が終わり、各自が席についた。六つの机が接して置かれ、ひとつは空席になっている。室長のデスクはすこし離れた位置にあり、吉本が臨時にそこにすわった。

谷は自分の席に座るとパソコンを起動させた。

「谷さん、あらためてよろしく」加藤が声をかけてきた。

「僕は以前、いずもにいまして」

「いずもって、巡視船の？」谷は聞きかえした。

「そうです。そこで海中の音響分析を担当していました。海の中はいろいろな音にあふれていておもしろいですよ」

「海の中が音でいっぱいだということは、わたしも知ってるわ。潜水士だから。いまは休業中だけど」

「へえ、どうしてです？」

「それは……」谷が言いよどんだとき、石竹が自分の席から首をのばして言った。

「二人だけで自己紹介か？　加藤、おまえ、先輩のおれをさしおいてお姉ちゃん隊員に挨拶かよ」

「いえ別に、そんなつもりは――」

ばん、と机をたたく音がした。たたいたのは水沼純だった。谷も加藤も石竹も、驚いてそちらを見た。

水沼は手にしたＩＣレコーダーのスイッチを入れた。たった今の石竹の言葉がリフレインされた。

〝お姉ちゃん隊員に挨拶かよ〟

〝お姉ちゃん隊員に挨拶かよ〟

〝お姉ちゃん隊員に挨拶かよ〟

「わかりました、わかりました。お姉ちゃんは女性蔑視語ですよね」石竹は舌打ちしながら財布から百円玉を出し、水沼に渡した。水沼はそれを机の上のブタの貯金箱に入れた。チャリンと音がした。

「水沼さんはジェンダーの闘士でしてね。反ジェンダー的発言をするたびに、彼女に百円払うことになってるんです」加藤が小声で言った。「谷さんも気をつけた方がいいですよ。女性でも容赦なしですから」

「へえ」谷は気をのまれた感じで水沼の方を見た。

「水沼さんにはさからえないんですよ。ああ見えてシーなんですから」

「シー?」

「SEA（special equipment adjuster）――特殊装備調達係です。あのICレコーダーだって水沼さんの特製なんです。反ジェンダーと打ち込んだだけで、過去の録音から、それに該当する音声がすべて頭出しされるんです。たまらんですよ」

「へえ」

「特殊装備のなかには、当然武器もふくまれます。いずれ谷さんにもわかりますよ、彼女の技術のすごさが」

3

午前十時三十一分。山下正明は赤坂サカス近くのビル二階にあるカフェにいた。

むかいの席には二十代の女性がすわっている。目元を完全に覆う、色の濃いサングラスをかけている。山下は女性に言った。

「君からもらった資料は、きのうアメリカ大使館に渡した。いつもありがとう」

女性はサングラスのまま、うなずいた。

「ユンジュ。また殴られたのか？」

女性はサングラスをはずした。顔に青アザができている。

「旦那、最近ピリピリしてるのよ。統合の職員が立て続けに逮捕摘発されたでしょ。こういうことは本国にまるまる報告が行くから」

女性の言った「統合」とは東京都千代田区にある朝鮮統制合同本部のことだ。

北朝鮮を支持する在日朝鮮人、特に故金日成の提唱した主体《チュチェ》思想を指導的指針とする人々によって運営される事業団体だが、朝鮮労働党の諜報機関の直接指導下にあることから、実質的な「事業」目的は日本国内におけるスパイ活動とみられている。

過去に何度か暴力事件をおこしているため「法人格のない、権利能力なき社団」とされ、公安からは破防法にもとずく監視を受け続けている。

「それで妻の君に八つ当たりか」山下は、どうしようもないなというようにため息をついた。

「統合のナンバーツーにしては了見のせまいやつだ——すまん、ユンジュ。警視庁に逮捕の材料を提供してるのはおれなんだ。君にはさんざん世話になってるのに、いつもこういうことになって」

「いいのよ、ギブアンドテイクだし」女性は少し笑った。青いイヤリングが揺れて光った。

ファン・ユンジュ二十八歳。両親とも在日朝鮮人。父親とは死別。

二十五歳のとき、統合幹部のパク・ヒョンギと結婚。子供はまだいない。ちなみに北朝鮮、韓国では結婚後も夫婦別姓が慣例となっている。

山下に協力することになったのは二年前からだ。すでに山下の協力者として働いていた在日朝鮮人の知人の紹介だった。

山下は言った。「おれは君のお母さんの現況を調べて君に知らせる。そのかわり君は、できる範囲でいいから、統合に関する情報を提供してくれないか」

ユンジュの母親は、二年前に北朝鮮政府から招待という形で平壌に行き、そのまま現地に留め置かれ、軟禁状態にあるのだった。ユンジュが夫と離婚したくてもできなくするための人質である。

ユンジュにとって母親は自分の命より大切な存在だった。小学生のころ、在日朝鮮人というだけで近所の子供からいやがらせをされた。泣いてくやしがるユンジュを母親は抱きしめ、朝鮮の歌を歌ってくれた。その歌声を聴いていると、ユンジュの心の中の日本人に対する憎しみや恨みが、ふしぎに薄らぐのだった。

中学生のとき、朝鮮の歌劇団の入団試験に合格したときは、涙を流して喜んでくれた。その母親が、自分の結婚が原因で北朝鮮に拉致されるとは！

パク・ヒョンギはユンジュと結婚してから一年もたたない内に仕事上のストレスから性的不能におちいり、その代償行為としてユンジュに暴力をふるうようになった。殴るだけ殴ったあとで、傷だらけになったユンジュを抱きしめてわあわあ泣きながら、愛していると繰り返すのが毎夜の定番なのだが、ユンジュはもはや夫に対して何の感情も持っていない。そんなユンジュの冷えきった態度が夫の激高に火をつけた。

ヒョンギには、ユンジュをいかに強固に、効果的に自分のもとに拘束するかということが最大の懸案となった。そのためにユンジュの母親を拉致することなど何ほどのこともなかった。

まさか夫がそこまでするとは思っていなかったユンジュは動転し、改められることはすべて改めるから母親を日本に帰らせてくれと訴えたが、夫は聞く耳を持たなかった。

ユンジュにとって、山下から諜報活動への協力を求められたのは、むしろ渡りに船だった。夫の知らないところで十分に報復をしつつ、母親の動向を知ることができるのだから。

「母がまだ生きていることさえ、あなたがいなければ永久に知ることはできなかったわ」

ユンジュは言った。

「いまのわたしの生きがいは、いつか母と再会することだけなの。そのためなら何でもするわ。夫はアダルトサイトのウィルスでパソコンを何度もだめにして統合から叱られたことがあるから、機密情報はプリントして引き出しに隠すようにしているの。簡単に撮影できるわ」

「お言葉にあまえるようで悪いが、ではひとつ頼まれてくれるか。

最近北朝鮮に中国経由で入国している日本人のリストがほしい。ピックアップはこちらでするから、できるだけたくさんほしい」

「やってみる。それと――今日持ってきたこれが、役に立てばいいんだけど」ユンジュは山下に封筒を渡した。

「日本の漁船が、日本海でなにかの情報を北朝鮮に渡している——ということが書かれているみたい。わたしにはよくわからないけど」

「ありがとう。助かる」

ユンジュはサングラスをかけようとしたが、ふとその手を止め、山下の顔をうかがうようにした。山下にはユンジュが何を考えているのか、よくわかった。

この男は自分を数多い協力者のうちの一人としてしか見ていないのか、それとも——。

ユンジュはそっと、右手を山下にむかってさしのべてきた。山下の手が少しでも動いたら、その手を握るつもりなのだ。

だが山下は手を動かさなかった。ユンジュから目をそらし、席を立った。

情報提供者とは心身共に一定の距離を保っておかなければならない。おたがいの安全のためだ。この不文律を破れば、きっとよくないことが起こる。

十分に承知していたはずだったのだが——。

二章　密漁

九月五日、島根県Y町漁協所属のイカ釣り漁船第五日和田丸（十五トン）が、日本海沖で漂流しているのが発見された。

船内は無人で、船長の田中剛（45）の姿はなかった。器物が壊れ、争った形跡があり、床には血痕もあった。血液型は船長のものと同一だった。

通常、乗員は船長の息子の豊（21）とあわせて二名だが、当日は船長ひとりで船を出したと見られる。

海上保安庁は、密漁がらみのトラブルの可能性もあるとして警察と合同で捜査を進めている。

「――というのが公式発表だが、これは単なる密漁事件ではなく、最近第八管区の福井県S港沖で続発しているレポ船事件に関係している可能性がある」吉本が説明した。

「日本の漁船がレポ船となって、日本の機密情報を北朝鮮の工作船に渡しているんだ。今回、日和田丸がレポ船に該当するかどうかを調べる」

1

S港から出る遠洋漁船のほとんどは、沖の大和堆《やまとたい》をめざす。

大和堆におけるスルメイカの漁獲量は二〇一六年以降減少しつづけている。原因は海水温の上昇、海流の変化などいろいろあるが、外国船のIUU漁業（違法、無報告、無差別漁業）が最大の要因であることは間違いない。

乱獲を行う者たちは、長期的視野に立った海洋資源保護という概念などもちあわせていない。獲《と》れるものを獲れるうちに獲る、それだけだ。

MSC（海洋管理協議会）やWWF（世界自然保護基金）などが対策に乗り出しているが、IUUの増加には歯止めがかからない上に、その手口は多様化かつ巧妙化するばかりで、後手後手にまわっているのが現状だ。そんなさなか、S港の事件は起きた。

大和堆でイカ漁をする船は、二十日から三十日に一度、水揚げのために港へ帰り、また漁に出るということをくりかえすが、大半の船が不漁のまま帰港するしかない中、ある船だけはいつも大漁で帰ってくることが、海上保安庁の注意を引いた。

慎重に内偵をすすめた上で、海保はこの船が漁に出たところを尾行監視する態勢をとった。そして大和堆の洋上で、とんでもない現場に遭遇した。

この船は外国漁船と接触し、冷凍処理ずみのスルメイカをクレーンで大量に受け取っていたのだ。その代価として日本船が外国船に渡していたのは、一個のスーツケースだった。海保の巡視艇を見て外国船は逃走した。海保は日本船の乗組員をＩＵＵの現行犯で逮捕した。

逮捕された船長は、港の近くの居酒屋で飲んでいるとき、正体不明の男たちから話をもちかけられたと供述した。男たちは日本語をたくみに話したが、船長はかれらが日本人ではないとすぐにわかったという。

「匂いですよ」船長は言った。「商売柄、外国人とはよく会いますからね。体臭が違うんです。あいつらはそれを知ってて、それを消すためのオーデコロンをたっぷりつけていたんです。で、逆にこっちはピンときたわけです」

――スーツケースはいつ、誰から受け取った？

「さあ、忘れました」

――ケースの中身は？

「知りません」

――金か、書類か？

「あなたねえ、今はコンビニだってオンラインの時代なんですよ。そんな大事なものをむきだしで運ぶと思いますか？　まあ、私には関係ないですけど」

――自分が何をやったかわかっているのか。漁師の誇りはどこへ行った？

「誇りじゃ飯は食えませんからね。第一、魚を食う方にしてみたら、それをとったのが日本人だろうが外国人だろうが関係ないですよ。そうじゃないですか？」

外国船はスーツケースを受け取って逃げた。その中身が何であったにせよ――。

「この一件と前後して、一隻の不審船の動きをＣＩＡがとらえていた。山下がアメリカ大使館のトッド・ミラー経由でつかんだ情報だ」吉本は言った。

「この不審船と、島根県の漂流漁船とは、形状と航路がきわめて似ている。漂流漁船も密輸に関係している疑いがあるというのが山下の見立てだ。石竹二正、谷二正、ご苦労だが島根まで行ってくれ」

谷が出発のために身の回り品をバッグに詰めていると、背後からどん、と肩を突かれた。

ふりむくと、水沼純がぶすっとした顔で紙袋を差し出して言った。「持っていきな」

「何ですか？」谷は紙袋を受け取りながら言ったが、水沼はもうさっさと背を向け、自分の席に戻ってしまった。

いいから受け取っておけ、と石竹が目で合図してきた。

谷は紙袋をあけた。中に入っていたのは暗視鏡だった。パッシブ方式第二世代の、双眼鏡型のＪＧＶＳ－Ｖ３だが、補助部品がとりつけられ、改造された形跡がある。

たしかに、夜間の捜索をすることにはなるかもしれない。水沼はそのためを思って渡してくれたのだろう。それにしても、もうちょっと愛想があってもいいのではと谷は思った。

2

島根県Ｙ駅は特急の止まらない小さな駅だった。山が海のすぐ近くまで迫っていて、駅から町までは細い一本道しかない。数分歩くと漁港が見える。小さいが天然の良港だ。

もう夕方に近く、防波堤のむこうの水平線に太陽がかなり近づいている。照り返しがまぶしい。

「本当に今回のケースには、北朝鮮がからんでいるんでしょうか」谷は石竹にたずねた。

「大和堆の場合は、沖まで出る大型漁船でした。でも今回はわずか十五トンの、親子二人だけの沿海漁船です。密漁など、そう簡単にできるでしょうか。

それに船内には物品を略奪された形跡がなかったそうじゃないですか。これが北朝鮮のしわざだとしたら、無線機やバッテリーなど、めぼしいものはすべて奪い取っていくはずだと思うんですが」

「そこが逆にあやしいとは思わないか」石竹は前をむいて歩き続けながら言った。

「えっ？」

「北朝鮮の影がなさすぎる。北朝鮮は関係ない——。それをことさらに印象づけようとしているというのが山下室長のカンなんだ。しかしカンで海保は動かない。かわりに動くのは、おれたちＦＯＸというわけだ」

「フォックス？」

「Fellows of Xtra——えりすぐりの仲間たち、精鋭部隊という意味さ。おれが作った呼び名なんだがね。海上保安庁情報調査室なんて、長ったらしいだろ」

石竹と谷は、日和田丸が所属する漁協をたずねた。漁協長は、海保の調査と聞き、協力的な態度だった。

「警察の人にも言ったんですが、船長の田中は不漁続きでやけになり、毎日酒を飲んでバクチばかりやってました。家族に暴力をふるうこともあったようです。私はあいつに何度も言いました。生活が乱れていると見ると、変な話をもちかけてくる連中が多いから気をつけろと。

三日前、田中が行方不明になった日、警察の人と一緒に日和田丸の中を見ましたが、ひどいものでした。誰があんなことをしたのか、腹がたって仕方ありません」

「田中船長には息子がいますね」石竹がたずねた。「いつもは、田中船長は息子と二人で漁に出るのに、あの晩は一人だったんですね」

「ええ」漁協長はすこし言いにくそうに言った。

「あの親子はあまり仲がよくなくて、しょっちゅうケンカをしてましたからね。田中は息子をおいて一人で出ていくことが、これまでにもよくあったんです」

「息子が同乗していたなら、息子が第一容疑者ということになりそうですが」石竹が言うと、漁協長は即座に首を振った。

「それはありません。当日の豊の――息子のアリバイははっきりしてるんです。母親は、あの晩はずっと息子は家にいたと言っていますし、裏もとれています」

漁協を出た二人は、田中船長の家へむかった。

船長の家は、港に近い集落のはずれにある一軒家だった。すでに夜で、あたりは暗い。

応対に出た船長の妻は、やつれた表情だった。夫が行方不明になってから、すでに三日がたっている。目に涙を浮かべながら、どんな姿でもいいから、早く帰ってきてほしいと言った。

「あの人は泳ぎが得意だから、どこかに泳ぎついていてくれるといいんですけど――」

そばにすわっている息子の豊は、さっきから何も言わない。神経質そうに、頬のあたりが痙攣《けいれん》している。とつぜん口走った。

「罰があたったんだ！　あんないい加減なことばかりしてるから――」

その瞬間、母親が「黙りなさい！」と叫んで豊を平手でひっぱたいた。谷と石竹は仰天し、なおも息子をたたこうとする母親を二人がかりで止めた。

谷は室内を見回した。割れた窓ガラスがテープで補修されている。ドアや壁には何カ所かひび割れがあった。漁協長の言葉がよみがえった。

不漁続きでやけになり……家族に暴力をふるうことも……。

妻や息子の顔に、もう薄れかけてはいるが、明らかに殴られて腫れたあとと思われる青いアザがあるのを見て、谷は暗澹《あんたん》たる気分になった。漁業の不振は日本全体の問題だ。こういうことが、日本中の漁村でおきているに違いないのだ。

事件前後の田中船長の動向についてメモをとりながら妻の話を聞いていた石竹が、急にしっ、と言って唇に指を当てた。谷に目で合図すると、すばやい動きで立ちあがり、靴下のまま玄関のドアをあけて外に飛び出した。谷もストッキングのまま後を追った。

夕暮れの薄暗い中を駆け去っていく人物のうしろ姿が見えた。谷は急いでスマホのカメラをかまえたが、人影は道の角を曲がって消えてしまった。

「あいつ、家の中をのぞきこんでいた」石竹が言った。

「黒っぽいシャツに黒っぽいズボン、やせ形、頭髪は短く、身長は百七十センチから百八十センチ、それ以上は――」谷は無念そうに言った。「何者でしょう?」

「不審者がうろついていては危険だ」石竹は靴下にくいこんだ小石をつまんで取りながら言った。「奥さんと息子さんを、警察で保護してもらおう」

一時間後、警察署を出た石竹は、考え考え言った。「さっきの男が田中船長だったとしたらどうする？」

「えっ？」谷は驚いて石竹の顔を見た。

「君が見た体格や髪形は、船長と同じなんだよな。船長は泳ぎが得意だそうじゃないか。海に落ちたあと、自力で陸まで泳ぎついたとしたら？」

「それならなぜ、堂々と帰らずに、こそこそ自分の家をのぞいたりするんです？」

「知られたくないんだ。自分が生きてることを、家族にも誰にも」

「逮捕されたくないからですか？　じゃやはりあの船は――」

石竹はその問いには答えず、すこし考えてから、谷にむかってにやっと笑いかけた。

「おい、ちょっとナイトクルーズに出ないか？」

満潮になりはじめたばかりで、波は穏やかだった。

手漕ぎの和船が、百メートルほどの沖合いを海岸にそって移動していく。ぎい、ぎいと櫓《ろ》をこぐ音がする。櫓をあやつっているのは石竹だ。意外に慣れた手つきで、船は蛇行することもなく進んでいる。

「ナイトクルーズって、これのことですか？」谷は船ばたに腰掛け、出掛けに水沼から渡された暗視鏡で岸の方を見ながら言った。小さな砂浜のむこうは急斜面の山で、明かりはひとつも見えない。

「モーター音を聞かれたくないからな」石竹は櫓をあやつりながら言った。「本当にうまいやつなら、まったく音を立てずにこぐことができるんだが」

「この暗視鏡すごいですね」谷は、暗視鏡を目からはずし、つくづくと見ながら言った。

「第二世代のJGVS－V3は動く的が相手だと視界がぶれるのが欠点でしたが、これはそれがほとんどありません」

「水沼さんは、既製品を改造して性能をアップさせるのが得意なんだ」石竹は答えた。

「自分がチューンナップすれば、スバル360でもパリダカに出られるようにしてみせると、あのオバさんは豪語してるよ——おっと、オバさんなんて言ったら、また百円取られちまうな。

　さて、話を戻すとだ、おれが田中船長の立場だったらどうするか。なんとか命は助かったが、家には帰れない。金もない。としたらどこで夜を明かす？」

「野宿ですか」谷は暗視鏡をのぞきながら言った。「でも何にも——あっ！」

「何か見えたか？」

「一瞬、明かりが」

「たき火かな。明日行ってみよう」

二人が泊まることになっている民宿の近くには、一軒だけ居酒屋があった。そのテーブル席に、谷と石竹がさしむかいですわっている。

「櫓をあつかったのは久しぶりだから、マメができちまったよ」石竹は両手の手のひらを見ながら苦笑した。

「いいんですか、あした早いのに」谷は石竹のグラスにビールを注ぎながら言った。

「少しくらいいいだろ、せっかく魚のうまいところに来たんだから」石竹はビールを飲みながら、さあ食べろよと谷に言った。

「山下さんのことは、よくご存じなんですか?」谷は箸を口に運びながら言った。

「同じ部署で働くのはこれが初めてだが、山下さんとは、新橋の飲み屋でよく鉢合わせみたいになって、いっしょに飲んだ。そのせいで、今回引っ張られちまったのかもしれないが……。おもしろいものを見せてやろうか?」

「えっ?」

石竹が手渡してきた一枚の紙を見て、谷は目を見はった。

海上保安庁警備救難部　警備情報課　情報調査室

設置年月日　令和×年八月一日

年間予算　50,000,000円

こんなはした金で　六人で何をやれっての
公安や内調が聞いたら腹をかかえて笑うぞ

統括責任者　野崎彰嘉（長官）

こんなのが長官なんだから困ったもんだ
ルナ通いだけが生きがいの

古賀孝士（次長）

この人にだけは足をむけて寝られない
生涯の恩人

長谷川公彦（首席監察官）

カスだ　祖父が連合艦隊の旗艦に
乗ってたというだけの

構成員　山下正明（二監　外務省国際情報統括官室：出向）

この汗くさいやつと
再び同じ職場になるとは！
室長の雑事はこいつにおしつけてしまおう

吉本興治（三監　総務部情報通信課）

水沼純（三監　装備技術部管理課）

変なババアだが必要だ
とにかく変なババアだが

石竹数馬（二正　警備救難部防災課）

自意識が強いんだよな

加藤秀樹（二正　海洋情報部海洋調査課）

童貞か？ まあ調べる必要もないが

谷りさ子（二正　警備救難部特殊救難課）

165　85―57―98
深江みどりには及ばんがまずまずか

設置目的　特定の軍事的脅威に特化した形での情報収集。

米・韓その他関係各国の諜報機関と連携し、仮想敵国への技術情報流出を阻止する。

北朝鮮、ミサイル情報収集と
はっきり書けっての！
工作員を一人でも多くつかまえて
しめあげて吐かせりゃいいんだろ

うちがいくら苦労しても
情報はすべて大久保のところへ行く
そしてやつは都合のいいところだけを

これにより国土防衛の強化に資すること。

結局情報収集は
ミサイル増強のためだけにしか

だがそうはいかん
やつらの好きにはさせん
国家国体が何だ
おれは国民のために働いてみせる

許任事項　警察、公安、内閣調査室情報の利用

米国軍事偵察衛星情報の利用

身分証明書複数所持

銃器、特殊薬物、爆発物の使用

たった六人だが
六人でしかできないやりかたがある
海保はぎりぎりの局面では
独断専行が許される
公安にも内調にもできないことだ

情報調査室の設立趣意書だが、ボールペンの書き込みでいっぱいなのだ。

「山下さんの席の屑籠に捨ててあったのを、拾ったんだ」石竹は笑ってビールを飲んだ。

「こういう人だから二度降格になったのも当然といえるが――。知りたいか、降格になったわけを？」

「ええ、できれば」谷はうなずいた。

「最初のときはこうだ。十年前、あの人がまだ第三管区にいたころ、横浜港に中国籍の貨物船が着岸した。

山下さんは上司の指示で、船内の見回りをした。その日上司は、夕方から高校の同窓会に出ることになっていて、さっさと見回りを切り上げさせるつもりでいたんだが、山下さんはなにかひっかかるものがあって、見回りを続けるよう、独断で同僚に命じた。上司はカンカンになり、もし何も見つからなかったら降格処分だからなと山下さんを脅した」

「で、結局何も見つからなかったために、山下さんは――」

「逆だ」

「えっ？」

「見つかったんだよ。船底の隠し部屋から、中国人密入国者が十人も」

「お手柄じゃないですか！」

「そう。そして山下さんは降格になった」

「ちょっと待ってください。密入国者を十人つかまえて、なぜ降格になるんですか？」

「抵抗する密入国者たちを取り押さえるため争いになり、かれらのうち数人にけがをおわせたからだ。危険行為ということになった。査問会で上司は言った。自分は、いかなる暴力もふるうなと厳命したのに、山下はそれに違反した——。笑わせてくれるぜまったく！　実際のところは、上司は瞬間的にパニックになり、拳銃で密入国者たちを撃とうとしたんだ。山下さんはそれをやめさせ、密入国者たちを素手で制圧した。一人で十人をだ。本来なら功労賞ものなのに……。

上司は本当は、山下さんを懲戒免職にする気だったんだ。それが降格ですんだのは、当時警備救難部長だった古賀孝俊さんの口添えのおかげだ。山下をやめさせるのは海保にとって大きな損失だ、自分が責任をとるからやめさせるなとまで言ったそうだ」

警備救難部は、警察と消防の任務をあわせもつ海保における主力部署であり、船艇四四八隻、航空機八七機を保有している。そのトップだった古賀部長が山下をかばったというのか。谷は思わず箸を止め、石竹の顔を見つめた。

「古賀さんは今や海上保安監——長官次長だ。海保のナンバー2だよ」

「そんな偉い人が、山下さんのことをかばったんですか」谷は驚いて言った。「山下さんは古賀さんと知り合いか何かなんですか?」

「うん、まあ」石竹は即答せず、ビールをごくごく飲んだ。「知り合いといえば、こんな深い知り合いはないだろうな」

「人格者なんですね、その古賀という人は」

「人格者?」石竹は、なぜかひどく驚いたように谷を見た。それからふと笑った。「なるほど、人格者ね……」

「違うんですか?」

「まあ、おいおいわかるよ」石竹は、この話はこれで終わりだ、というように、谷のグラスにビールを注いだ。瓶を置くと、谷の顔を正面から見た。「おれのことを、つめたいやつだと思っているだろう?」

「いえ、別にそんなことは」谷はすこしあわてて答えた。

「おれは一九九一年に神戸で生まれた。四歳のとき、あの大地震にあった。おれの住んでいた地区は木造の建物が多く、倒壊した建物の中に住人が取り残された。女も、小さな子供もだ。あたり一帯が火事になり、みんな生きたまま焼かれていった。それを目の前で見たんだ。そして思った。人は虫のように死んでいくんだと。それ以後、おれは人間の生死を冷めた目で見るようになった。ときどきそんな自分がいやになるけどな。こんな話、聞きたくないか？」

「いえ……。その石竹さんが、なぜ海保に入ろうと思ったんです？」

「自分でもふしぎだよ。子供のころにこんなトラウマをうえつけられれば、犯罪者になってもおかしくないのに、逆に人を救う仕事につくなんてな。

ただ、実際海保に入ってみてわかったんだけどな、海保隊員がみな人格者だと思ったら大間違いだぜ。もちろん大半はまじめで誠実なやつだが、中には異常性格者もいるし、サイコパス寸前のやつだっている。だがおれはそれで逆に安心したんだ。おれみたいなやつが海保にいても別にふしぎじゃないってことだからな」石竹は笑ってから、急に真顔になった。

「言っておくが、おれのつめたさなんて、山下さんにくらべたら目じゃないぜ。あの人が感情的になったところなんて、見たことがない。自分の感情を完璧にコントロールできるんだ。場合によっては人間性を捨てることだってできる」

「人間性を？」

「君も、いずれ見ることになるだろう」

「わたしは……」谷はグラスをテーブルに置いて言った。「わたしはもともと救難隊で潜水士をしていましたが、休職中です。隊長の命令に従わなかったからです」

「その話は聞いたよ」石竹はうなずいた。「隊長の方が無茶だった。沈没しようとしている船めがけて潜水させるなんて命令は出すべきじゃなかった。あの時点で救助活動は中止すべきだったんだ」

「でも命令は命令です。船の中にはまだ何人もの人がいたんです。他の隊員たちはみな潜っていきました。わたしだけが潜りませんでした。動けなかったんです、おそろしくて。いつも組んでいるパートナーが何度もわたしを呼んだのに」

「ぎりぎりの場面だったんだ。君の判断を責める資格は誰にもない」

「でもわたし自身が、自分を許せないんです。いまわたしは罰を受けています。あれから何カ月もたつのに、いまだに水に触れることができないという罰を。子供のころから、カッパとあだ名されるほど水が好きだったのに。

水がこわい潜水士なんて、笑い話にもなりません。泳げない魚と同じじゃないですか。辞職しようと何度も考えました」

「海上勤務だけが海保じゃない。水の中を泳げなければ、陸を泳げばいいじゃないか」

「陸を泳ぐ？」

「そう。陸を泳ぐ魚になるんだよ」

「そう割りきれればいいんですが……」

「時間はかかるだろうが、何とかなるさ。君の場合——」

そのとき石竹のスマホが鳴った。石竹はちょっと失礼、と言ってスマホを手に廊下へ出た。

一人になった谷は、ビールを飲みながら考えた。

陸を泳ぐ魚——。そんなものに自分がなれるだろうか？

「山下さんからだったよ」石竹がスマホをズボンのポケットに入れながら戻ってきた。

「山下さんから？」

「明日、応援に来てくれるそうだ。朝の捜索に間に合うかどうかはわからんが——。どうした暗い顔して。深く考えるなよ。さあ飲め」

「飲みます」谷は石竹からビールを注いでもらうと、一息に飲んだ。

居酒屋を出て民宿にむかう途中、谷と石竹は地元の若者たちにからまれた。

相手は四人で、かなり酔っていた。谷にむかって口笛を吹きながら、無遠慮かつ下品な数々の言葉を投げかけた。

石竹は穏やかに若者たちに言った。「変なこと考えると損だよ。おれも、そのお姉さんも強いから」

四人の若者は石竹の言うことには耳を貸さず、全員で谷をとり囲むようにした。

「どこから来たの？」

「ここで何してるわけ？」

「カラオケ行こう、な？」

谷の正面にいる一人が、酒臭い息を吐きながら顔を近づけてきた。パンプスをはいた谷と同じほどの背丈だった。谷は首を軽くうしろにそらしてから、そいつの鼻に額をたたきつけた。鼻の折れる音がし、相手は悲鳴をあげてしゃがみこんだ。

「こいつ！」いちばん背の高い、百九十センチほどの若者が長い腕をのばしてつかみかかってきた。谷は左足を水平にのばすだけでよかった。相手は自分から谷の足を胃にめりこませ、からだをくの字にした。谷は左足を地面につけるとその場で一回転し、右足のかかとを相手の側頭部にヒットさせた。

石竹は、すでに逃げ腰になっている残りの二人の頬に、かわるがわる平手打ちを食わせた。若者たちは泡を食って逃げていった。

「駄目じゃないか谷くん、素人さん相手にうしろ回し蹴りなんか使っては」石竹は笑って谷に言った。

「スラックスをはいててよかったです。いい酔いざましになりました」谷も笑ってそう言ったが、若者たちの背中を見送りながら、小声で言った。「あの子たち、好きでケンカを売ってきたんでしょうか。それとも、誰かに言われて……」

「さあな」石竹は、そのことにはそれほど興味がないようだった。「どっちにしろ弱すぎる。まあ、おれたちが強すぎるんだけどな」


翌朝早く、二人は海岸近くの山に登った。

途中いくつか山崩れで道が失われている箇所があり、迂回しなければならなかった。そのため思いのほか時間がかかった。

ジーンズにスニーカーという軽装の谷は靴ずれをおこし、顔をしかめていた。山歩きは苦手だ。

一時間ほどかかって、やっと山頂部分に着いた。反対側は急な斜面になっていて、五十メートルほど下方の砂浜につながっている。打ち寄せる波の音が聞こえた。

わずかな平地となっている草むらの中に、たき火のあとを見つけるのに時間はかからなかった。

「やっぱり船長は生きてたんですね」谷は額の汗を手でぬぐいながら言ったが、石竹は顔色を変えて言った。

「急いでここを離れよう！」

「どうしたんです？」

「勘違いしていた。このたき火は一人分じゃない！」

谷は瞬間的に理解した。船長以外の、複数の誰かがいる。とすれば、その者たちは——。

背後で草を踏む音がした。谷はふりむいた。

彼女の正面に、十メートルほどの距離をおいて二人の男が立っていた。

3

二人とも黒いシャツに黒いズボンをはき、頭髪は短く刈りあげている。上半身の筋肉が異様なほど盛りあがっているのが、シャツの上からでもわかる。顔つきは違うが、目付きはまったく同じだ。まばたきもしない四つの目が、刺すような殺気を放射している。

谷は無意識のうちに後退していた。相手の殺気が、ほとんど物理的な威力でこちらを圧倒してくる。一人が横を向いて何か言い、もう一人が答えた。

谷ははっとした。日本語でも中国語でもない。

石竹が二人の方に一歩進み出て言った。「われわれは海上保安庁の者だ。聞きたいことがある」まず日本語でこう言ってから、朝鮮語で同じことを言った。谷も石竹も今回の異動にあたって朝鮮語の講習を受けたので、日常会話程度のやり取りはできる。

二人の男は黙ったまま立っている。石竹はくりかえした。「聞こえなかったのか？　われわれは——」

その瞬間谷の目には、二人の男が一人になっていた。二人のうち一人が素早く移動し、谷の視界から消えたのだ。その一人は石竹との距離を一気につめた。

石竹が防御の構えをとるより早く、側頭部に蹴りがヒットしていた。石竹はストンという感じで倒れた。

相手の男は石竹の背中に馬乗りになると、ポケットから梱包用のナイロン製のベルトをとりだし、それで石竹の両手首と両足首を縛り、動作の自由を奪った。慣れた手つきだった。石竹は昨夜の活躍が嘘のように、相手にされるがままだった。

谷は黙って見ていたわけではない。石竹に加勢しようとしたが、もう一人の男が谷の前に割って入り、そうさせなかったのだ。肩の力を抜き、ただ立っているだけだが、それだけで谷は威圧されていた。男はまばたきもせず谷を凝視している。

彼女の脳裏に、瞬間的に連想がおこった。漂流していた漁船。床の血痕。

田中船長は海に飛びこんで逃げた。船長を捜さなければならない。そのために送りこまれたのだ、この二人は。ということは——。

目の前の男が、ゆっくりと谷にむかって距離をつめてきた。汗の匂いがした。

「谷、逃げろ！」ようやく意識をとりもどした石竹が、男に馬乗りになられたまま叫んだ。

谷自身もそうしたかったが、できなかった。男の目に射すくめられていたのだ。

武術の達人であるはずの石竹が簡単に倒された。まして自分にかなうはずがない。そう思った瞬間、谷には相手に立ち向かおうという気力がなくなってしまったのだ。

武術なんてこんなものか。実力差のある相手を前にした時には、何の役にも立たないものなのか？　谷は絶望的な思いになった。

目の前の光景がぐるりと回転し、背中にかたいものが当たった。足払いをかけられて地面に倒されたのだと知った時には、もう男が自分の上にのしかかってきていた。谷の両手を万歳の格好で拘束し、両足首も拘束すると、その両足の間に自分のからだをくぐらせるようにして、覆いかぶさってきた。汗の匂いが谷の鼻をついた。男はナイフで谷の服を切り裂きにかかった。

谷は悲鳴をあげ、手足をばたつかせた。圧倒的な恐怖に全身を支配されていた。その一方で、この瞬間自分の身におきつつあることを、妙に冷静に理解していた。

そのときだった。横合いから声がした。「あのう、すみません」

谷も石竹も、二人の男も、そちらを振り向いた。

上着をぬいで手にさげた中年男が立っている。汗をかき、力の抜けきった表情だ。

「山下さん！」石竹が叫んだ。

これが？　というのが谷の第一印象だった。

彼女はみんなから聞かされた話の中で、山下という男は眼光鋭いクールな感じの男なのだろうと何となく想像していた。しかしいまここにいるのは、いかにも風采のあがらない、汗びっしょりのおっさんにすぎないのだ。

二人の男は谷と石竹を地面にころがしたまま立ちあがり、山下に近づいた。二人がかりで、さっさと決着をつける気なのだと谷は思った。

山下はおろおろしたように、目を左右に動かしている。何をどうするつもりなのかと谷が思ったとき、山下は日本語で言った。

「あやしい者じゃありません。私、あんたたちの仲間です」

二人の男は「？」となった。谷も石竹も「はあ？」となった。この二人が何者なのか、今がどういう状況なのか、山下はわかっているのだろうか。日本語で話しかけてどうしようというのか。

山下は続けた。「在日三世です。本名はキム・ドグン。実家は浅草寺《せんそうじ》の裏の通りでスナックをやってます。チョンリマという店です。浅草行ったことあります？　この間一軒だけ残ってたピンク映画館が取り壊しになったんですけど、あそこ中学生のころから通ってたんですよね。学校さぼって朝の十時に入ろうとすると、モギリのおっさんが『おう正坊、学校はどうした？』なんて大声で言うもんだから恥ずかしくて——」

二人の男は顔を見合わせ、何か言った。一人が頭の横で指をくるくる回してみせると、相手もうなずいた。

谷は呆然と山下を見ていた。水の中にインクを落としたように、心中に絶望感が拡がっていった。だめだこりゃ……。

男の一人が、おまえ何言ってんだ、という顔で、すこし警戒をゆるめ、山下との距離を詰めようとした。

次の瞬間、その男は何かにつまずいたように前につんのめった。草むらに倒れる前に、山下はもうその男とすれ違う形で、二人目の男に迫っていた。

相手の顔には激しい動揺の色がうかんでいた。あわてて後退しようとしたが、山下の動きの方が速かった。通常速と三倍速の映像をダブらせているようだ。ほどなく、その男も草むらに倒れた。山下が何かの技を使ったことは間違いないのだが、谷にはその動きを見てとることがまったくできなかった。

谷は呆気にとられていた。この二人の男は、かりにも武道の有段者である谷と石竹を子供扱いしたほどの暴力のプロなのだ。そのかれらを、こうもあっけなく倒してしまうとは――。

二人の男は草むらに倒れたまま両手で腹を押さえ、両足を虫のようにばたばた動かしている。立ちあがりたいのだが、からだが言うことをきかないのだ。

山下は、男たちの服のポケットからナイロンのベルトを取り出すと、それで二人の手足を拘束してから、ポケットから出したナイフで谷と石竹の拘束を解いた。「二人とも大丈夫か？」

「助かりました、山下さん」石竹は言った。

谷は山下に頭をさげた。「はじめまして、きのう付けで異動してきた谷です」

そうしながら、山下の印象がつい数秒前とは一変しているのに驚いた。

谷の父親ほどの年齢のはずだが、彼女と同年代の若者のように見える。全身から精気を発散させているが、それは壮年の男にありがちな生臭さをともなったものではなく、鉈《なた》で割った青竹のように清冽なものだ。気取ったところや格好をつけたところがまったくないが、それはその必要がないからだ。ライオンがただそこにいるだけでライオンであることをわからせることができるように、本物はそこにいるだけで本物とわかる。谷はいま、自分は本物を見ているのだと思った。さっきのしょぼい姿は男たちを油断させるための擬態だったのだ。

山下は谷にむかって笑いかけた。「もう少し、見物させててもらってもよかったんだけどな」

谷はひやりとした。もちろん冗談なのだろうが、山下のような男からこう言われると、首筋に刃物をあてられたような感覚になる。

「お手柄ですね」谷は気持ちをそらそうと、草むらでもがく二人の男をさして言った。「北の工作員を二人もつかまえるなんて」

「北？　何言ってんの？」山下は言った。

「は？」

「講習をちゃんと受けたのか？　こいつらが話してたのは朝鮮語じゃなく韓国語だ。韓国語なら七種類もある敬語が朝鮮語には一つもないので、聞いててイライラする。ヤクザでもチンピラでも、韓国語を話してくれるとほっとするよ」

山下は吐き捨てるように言ってから、続けた。「日和田丸は今度の一件には関係ない」

「えっ？」

「協力者からの情報だ。レポ船は別の――」

山下のポケットの中で携帯の着信音がした。

山下は携帯を取り出すと、二言三言話しただけで通話を切り、二人にうなずきかけた。

「別の船なんだ。そいつが今この下の港に停泊中だと、衛星で監視中の加藤たちから連絡があった。しかもレポ船に正体不明のクルーザーが近づこうとしている。お疲れのところすまんが、すぐに山をおりるぞ」

「この二人はどうします？」谷は、まだもがき続けている二人の男をさして言った。

「神経のツボをつぶしておいたから、しばらくは動けん。さあ行くぞ」

山下はさっさと先に立って歩きだした。石竹と谷はあわててあとを追った。

草藪に覆われた急斜面を、山下はどうやって道を見つけるのか、ためらいもなくジグザグにおりていく。ほとんど駆けおりるのに近かった。石竹と谷は、それについていくのに精一杯だった。何度も頭から転倒し、顔は泥とすり傷でひどいありさまになった。

漁港へ通じる国道に出たとき、山下は息ひとつ乱していなかったが、石竹と谷は心臓が爆発しそうで、膝に手をつかなければ立っていることさえできないありさまだった。通常の登山道をおりるよりはるかに早い時間で到達したことだけは確かだった。

山下は港へむかって走った。あとの二人も懸命に追ったが、

「くそっ、一足遅かったか！」山下は舌打ちして、拳で宙を殴る動作をした。

停泊している一隻の漁船に寄り添うようにとまっていたクルーザーが、エンジンをかけ、漁船から離れていくところだったのだ。クルーザーはみるみる速度を上げ、沖へ去った。

「あのクルーザーは何です」谷が肩で息をしながら言った。「北の工作船ですか？」

山下はそれには答えず、岸壁から漁船に渡された板を渡り、船内に入った。谷たちも続く。これが、捜し続けていたレポ船か——。

操舵室にはいると、船長以下乗組員らしい三人の男が、ロープで手足を縛られ、猿轡《さるぐつわ》をされてころがされていた。うーうーうなりながら、助けてくれという目付きで山下たちを見上げている。

石竹と谷はかれらのロープをほどこうとしたが、山下はほっとけ、と言って、室内を歩き回りはじめた。

谷がすん、すんと鼻を鳴らし、山下に言った。「このタバコの匂い……。ソウル市内で嗅いだことがあります。韓国のＥＳＳＥじゃないですか？」

「そうか」石竹が言った。「あのクルーザーは、韓国の諜報機関なんですね」

「そういうことだ」山下はいまいましそうにうなずいた。

「日本から北朝鮮に流出しようとしている情報を、取引の直前に、横からかっさらっていったんだ。きっとシムのやつだ。あと二分早ければ、足腰立たないほどぶちのめしてやったのに……」

「シムって誰です?」谷は石竹に小声でたずねた。

「山下さんのライバルの韓国諜報員、シム・ビョンソだよ」石竹も小声で答えた。「山下さんの方もシムの情報をたびたび横取りしてるから、あいこなんだがね」

谷は山下にたずねた。「どうして、取引のあることが韓国側にわかったんでしょう?」

山下はふん、と鼻を鳴らした。かわりに石竹が口を開いた。

「監視してるんだよ、おれたちの動きを二十四時間。携持をオンにしている限り、位置情報も通話内容もやつらに筒抜けなんだ。韓国だけじゃなく、CIAも同じことをしてるだろうが」

「わたしたちの敵は、北朝鮮だけじゃないんですね」谷はぽつりと言った。「では、山で襲ってきた二人の男は、韓国の――」

「いや、あれは違う」山下は首を振った。「単なる密輸がらみの、ど素人さ」

警察に連行された二人の男は、しばらく黙秘していたが、空腹に耐えかねたのか、わりとあっさり自供した。

二人は韓国人で、ソウル市内のテコンドーの道場で一緒だった。技能実習生として一緒に来日したが、研修先から脱走し、県内の暴力団S組に拾われていた。組は韓国の組織と組み、スルメイカの密輸を企てていた。そのための運び役として田中船長に目をつけた。船長は承知し、支度金まで受け取った。

ところが最初の取引の夜、韓国側の船が約束の海域に行くと、田中船長の船は無人だった。韓国側はどういうことだとS組に文句を言ったが、組の方でもわけがわからない。船長をつかまえなければならない。支度金を渡してあるのだし、密輸のことを警察に話されたら大変だ。

S組は、拾った韓国人二人組を、船長の自宅近くに張り込ませることにした。かりにこいつらが不審者として警察につかまっても、組とのつながりはわからない。

船長は必ず家に戻るから、そこをつかまえろ。もし警察につかまったら、日本語話せませんで押し通せ。組のことを黙っていれば、悪いようにはしない……。

訊問していた刑事は驚いた。「いまの話が本当だとすれば、この一件には中国も北朝鮮も関係ないことになる。では船長が行方不明になった本当のわけは？」

ほどなく判明した。息子の豊が海に落としたのだ。

4

その夜、田中船長は、いつもと同じように息子の豊とともに船を出した。だが船がむかったのはいつもの漁場ではなく、まったく別方向の沖合だった。

不審がる豊に、船長は初めてうちあけた。韓国の遠洋漁船が密漁したスルメイカを、別の船がこの近くまで運んでくる。それを受け取る——。

船長は屈託なく笑った。「これからは、おまえたちにも楽をさせてやるぞ」

豊は驚愕した。そんな金で楽をしたいなんて、誰が思うか。密漁の片棒かつぎなんてやめてくれ。漁師の誇りはないのか？

必死の説得にも船長は応じなかった。豊は力ずくで父親を操縦席から引き離そうとし、争いになった。父親は海に転落し、豊はあわてて自分も飛びこんで捜したが、見つからなかった。船は潮に流されて遠ざかり、豊は茫然自失のまま、泳いで港まで戻った。父親譲りで泳ぐことには慣れている。

母親にわけを話すと、こうなった以上は仕方がない、おまえは今夜は家にいたことにしろ、とぼけ通せと言った。

船長が密漁の話に乗りかけていたことは、誰もが知っている。密漁がらみの争いで殺されたのだと、誰もが思うだろう――。

「父が漁師の誇りを捨てたことが、くやしくて、なさけなくて」豊は神経質に肩を震わせながら、涙を浮かべていた。「命より大事なもののはずなのに……」

「そのせりふ、大和堆で外国船からイカを分けてもらっていた連中に聞かせてやりたいね」取り調べに同席していた山下は言った。

石竹は一足早く帰京しており、谷は山下とともに帰路についた。

ふたりは特急列車の席にならんで座った。

谷はおずおずと言った。「あのう」

「わかってる」山下はうなずいた。「あの数秒間のことは誰にも言わん。石竹にも口止めしておいた。報告書にも書かない」

山下の携帯が鳴った。まず一人と話をし、続いてもう一人と話をした。山下は谷に言った。

「協力者のファン・ユンジュからだ。北朝鮮出入国者のリストを撮影した。明日都内で渡してくれるそうだ。

それと吉本からだ。北朝鮮に情報を提供している日本人研究者が見つかりそうだ。今回はとんだ無駄足だったが、明日から忙しくなるぞ」

「あのう……」

「まだ何かあるのか？」

谷は言った。「わたし、陸を泳ぐ魚になろうと思います」

山下は、何を言ってるんだこいつという顔で谷を見たが、ふと微笑した。

「そうか。まあがんばれ」

三章　罠

九月十二日、午前十時十五分、公営プールのプールサイドで、水泳教室に来たらしい水着姿の子供たちが、水面をさしてきゃあきゃあ騒いでいる。

そのうしろでは、子供の母親たちが監視員に詰め寄っている。

「あれ、助けた方がいいんじゃない？」

「さっきからずっとあのままなのよ」

みんなの視線の先には、プールの底に背中をつけた格好で沈んでいる、黒の海水パンツをはいた男の姿がある。

母親たちの言う通り、もう五分以上も沈んだままなのだ。ただ、手足がゆらゆら動いているところを見ると、失神しているわけではないらしい。

「大丈夫です」監視員は母親たちに説明した。「あの人は海上保安庁の人で――」

男がからだを丸め、浮上する体勢をとった。一気に上方へ突き進み、水面から上半身が臍《へそ》のあたりまで飛び出した。子供たちが歓声をあげた。

「ほどほどにしてくださいよ、山下さん」監視員がプールサイドから声をかけた。「みなさんが心配しますから」

「すまん」山下正明はゴーグルをずらしながら笑いかけた。「週に一度はこれをやらないと、なまっちまうんで」

山下はストップウォッチをかねた防水腕時計を見た。潜水時間は五分三十七秒だった。

1

シャワーを浴びて着替えたあと、休憩室でウーロン茶を飲んでいると携帯が鳴った。吉本からだ。

〝長官がおかんむりだぞ。なぜ「週刊桜桃」にリークなんかした？〟

「なんのことだ？」山下は、すぐ横にある雑誌のラックに目をやりながら言った。

「週刊桜桃」の最新号の表紙に大文字で「密漁船と北朝鮮の黒い関係？」と出ている。

〝とぼけるな。この間のイカ密漁事件、北朝鮮と関係ありとにらんで捜査したらまったくの勘違いでしたなんて、なぜ海保のミスをわざわざ教えたりするんだ〟

「国民にはすべてを知る権利があるからな。海保は税金で動いてるんだから」

山下はそう言うと、さっさと通話を切ってしまった。

「山下、おい山下！」

勝手に電話を切られた吉本は渋面でぶつぶつ言い続けている。その前に、水沼、石竹、谷、加藤が整列している。

「くそ、あの野郎……」ぶつぶつ言う吉本に石竹が声をかけた。

「室長代理、ウラン２３５の話じゃなかったんですか？」

「ああそうだったな。加藤二正、どこまで話したっけ？」

加藤が説明した。

「すでに北朝鮮はウラン２３５の抽出濃縮に成功していますが、せっかく核弾頭を作っても、それを運ぶミサイル燃料がなければ話になりません。ミサイルの航続距離をのばすことが北朝鮮の国策ですが、最近これには飛躍的な進歩が見られます。燃料の改良が進んでいるんです。そしてこれには日本人の専門家が関与していることが、調査でほぼ確実となっています。プロジェクターをご覧ください。山下さんが協力者から入手した情報です」

プロジェクターに、メガネをかけた中年男の顔がうつしだされた。

「九大工学部航空宇宙工学科の丸山正弘教授です。ロケットの固形燃料の専門家ですが、この二年間で北朝鮮に五回入国しています。さらに、国際学会に参加したときはいずれも、丸山教授の帰国日程だけが、他のメンバーより数日遅れています」

「丸山教授の身辺を洗う必要がある」吉本はうなずいた。「石竹二正、九州へ飛んでくれ」

「はい」

加藤が腕時計を見て言った。「羽田基地へ戻るヘリコプター『わかわし』が五分後に屋上から出ます。急げば乗せてもらえるかも」

「ＯＫ！　タクシー代が助かる」石竹はお茶のペットボトルをつかんで飛び出していった。

吉本は続けて指示を出した。

「水沼三監と谷二正は鎌倉だ。丸山教授の研究室を半年前にやめた沖田洋史《ひろし》という男に会ってもらいたい」

「はい」

「加藤二正は教授の研究室の出納帳の洗い出しだ」

「了解」

席に戻ると同時に加藤の携帯が鳴った。山下からだ。

「山下さん、困るじゃないですか」加藤はちらっと吉本の方を見て声をひそめた。「吉本さん怒ってますよ」

〝そんなことより、先月北朝鮮が発射した三段式ロケットの一部を、アメリカ海軍のサルベージ船が回収しただろ。その船がいまどこにいるのか調べてほしい。官邸から軍事衛星使用の許可は得ている〟

「軍事ですか！」加藤は大喜びの顔になった。「さすが山下さんですね。通常衛星とは精度が違うからなあ。わくわくしますよ」

〝回収されたロケットの一部に、万が一にでも日本製の部品が使われていたらまずいことになる。アメリカは、まず東神奈川の基地にロケットを持っていくはずだ。解析用の写真を撮っておいてくれ〟

「わかりました。日本海からそちらにむかう推定航路を算出して、そのルート上の船舶を洗います」

加藤は電話を切ると、防衛省へ行ってきますと吉本に言い、部屋を出た。

防衛省の地下一階には、省内見取図に載っていない部屋がある。そこではアメリカの軍事偵察衛星の画像をリアルタイムで見ることができるのだ。

山下は携帯の通話ボタンを切った。いま彼がいるのは帝国ホテルのロビーだ。時計は十一時四十分を指している。

フロントでは、家族をうしろに従えた半袖シャツの白人男性が、何やらすごい勢いでマネージャーと口論している。このホテルではいつも見られる光景だ。

「山下さん！」肥《ふと》った男が、汗だらけのシャツの下で腹をタプタプと上下に波打たせながら駆け寄ってきた。見ただけでこちらまで暑苦しくなる。

「週刊桜桃」の記者・藤木稔だ。入社六年目の二十九歳だが、肥満体の上に頭髪が後退しているため、四十歳ほどに見える。

「おまえなあ、あの記事は何なんだよ」山下は藤木がそばに来るなり叱りつけた。

「リーク元がおれだということが丸わかりじゃないか。情報ソースは複数に見せかけておけと、何度言ったらわかるんだ」

「編集長の指示だったんです。ああすれば、北朝鮮の謀略に読者が注意をむけてくれるだろうというので」藤木は汗でくもったメガネをハンカチでふきながら詫びた。編集長とは、二年前に前の編集長の尻を蹴飛ばすようにして後任の椅子にすわった花岡規夫のことだ。

それまでの「週刊桜桃」は、すでに誰でも知っているようなトピックを後追いするだけの、無難路線ひとすじの雑誌だったが、花岡編集長になってからは大胆な社会派路線へと転換した。特に、政財界の大物のスキャンダルをつかむことにかけては他誌の追随をゆるさない機動力を発揮した。

贈収賄、暴力団関係者との会食、さらには不倫。どの記事にも必ず写真、音声、動画などの動かぬ証拠が添えられているため、雑誌発売と同時に、槍玉にあげられた政治家や財界人は例外なく辞任しなければならなかった。最近では、明日発売の「桜桃」に自分の記事が載るらしいと知った大物たちは、その日のうちにもう辞任してしまうありさまだった。すねに傷をもつ大物たちは恐怖のあまり夜も眠れず、読者は快哉を叫ぶ。「桜桃」はそういう雑誌だった。

その「桜桃」に、山下はひんぱんにネタをリークしているのだった。編集長の花岡には知らせず、藤木との一対一の取引である。花岡はくせの強い劇薬のような人物なので、山下としてはできるだけ距離をとっておきたかった。

機密情報を海保の規則に違反してまでリークすることに、山下にはそれほど罪悪感はない。彼にとって、これは祖父の遺言にしたがっているようなものだからだ。

山下の祖父は第二次大戦中、陸軍中野学校の士官だった。中野学校とは言うまでもなく戦時中における日本最大の諜報員養成機関であり、一九七四年にルバング島で発見された陸軍少尉小野田寛郎がここの出身であったことで知られている。

この学校の生徒たちは軍人であるにもかかわらず、軍規軍律以上に、世界レベルで通用する近代的な諜報技術を何よりも優先して叩きこまれ、思想的には当時としては例外的にきわめてリベラルだった。もちろん、世界のいかなる体制にも順応し、潜入するための下地として必要な「自由さ」ではあるが、生徒同士の議論の際は大本営批判も天皇制批判もし放題で、上官もそれをとがめることはなかったという。

山下の子供時代、祖父はすでに八十歳をすぎていたが、きわめて健康だった。祖父の口癖は、情報には好気性と嫌気性の二種類があるというものだった。

「大半の情報は嫌気性で、密封して隠しておくべきものだ。公表しなければそれにこしたことはない。だが中には好気性の情報もある。できるだけ早く、できるだけ多くの人々の目に触れさせなければ、命を失ってしまうんだ。

私は一九四五年七月末日の時点で、七月十六日におこなわれたアメリカ最初の原爆実験の結果報告書の写しを入手していた。あの実験では大勢のアメリカ兵が爆心地の近くで被曝していた、またはさせられたんだ。公表されてはいないが、多くのアメリカ兵が原爆症で死んだ。

原爆が市街地上空で爆発すればどうなるか、どれほどの二次被害が出るか、私は実験報告を日本語に訳して提出した。だがその日のうちに、陸軍刑務所の独房に入れられた。釈放された戦争継続を望む連中にとっては、私の報告は雑音でしかなかったんだろう。

のは広島と長崎に原爆が落ち、終戦になってからだった。

私は間違っていた。軍などではなく、新聞社に翻訳文を送るべきだった。それがだめならビラにして配ってでも、人々に事実を知らせるべきだったんだ」

自分の進路を海上保安庁と決めた十七歳のとき、山下はひそかに決意した。もしこれから自分が重大な情報に接することになったら、それが好気性か嫌気性か、よく見極めることにしよう。そして好気性とわかったら、断固としてそれを公開しよう――。

以来三十年、山下は、この誓いを忠実に実行してきたのだ。

「編集長に言っとけ。ネタをいじるのはほどほどにしておけとな」山下は藤木に釘を刺した。「あまり勝手なことをすると、これからは別の雑誌にネタを渡すぞ。おまえに言いたかったのはこれだけだ。さっさと行け。人を待たせてるんだ」

ぺこぺこ頭を下げる藤木を尻目に、山下はエレベーターに乗り、最上階のレストランへむかった。鉄板焼きの店で、ふだんはすいているが、今はランチタイムなので、比較的混んでいる。

テーブル席で、スーツ姿の男が待っていた。十二時三分、山下はその向かいにすわった。

「すみません、お待たせして。最近はどうです?」

「おかげさまで」相手の男――並河敏彦は頭を下げた。今さっきまで会っていた藤木とは同年代のはずだが、鉛筆のように細い顔、細い体をしている。藤木の汗くさい顔を見せられた直後なので、山下は清涼感さえおぼえた。

「北朝鮮の農産物を中国向けに販売しています」並河は言った。「日本からは、中古の家電品を中国経由で北朝鮮に回しています」

「ボランティアの方は？」

「私の会社が経営する児童養護施設には、五十人ほどの子供がいますが、みな元気に勉強していますよ」男はそう言ってから、ちょっと周囲を見回し、声を小さくした。

「最近、北朝鮮と新たに取引をはじめた商社があります。資本金も社員も中規模の会社ですが」

「ほう」

「神奈川県にある今岡商事です。取引している商品は害虫駆除用のドローンです。これは軍事目的に転用が可能なので、輸出が禁じられているものです。

この前平壌に行ったとき、今岡社長が高麗《コリョ》ホテルのロビーで商談をしているのをたまたま見たんです。私は今岡氏とはあるパーティで会ったことがありますから、顔は知っています。動画を撮っておきました。会話の方は、多少聞き取りにくいかもしれませんが。取引はすぐにでもおこなう感じでした。急いだ方がいいと思います」

「わかりました。ところで」山下はいずまいを正した。「ファン・ユンジュの母親については何かわかりましたか？」

「平壌には中級クラスの幹部が住む区域がいくつかあるのですが、そのどこかだと思います。これがその区域の電話番号の一覧です」

「ありがとう。この中に母親の名があればビンゴだ」

「あの、それから」並河は紙包みをさしだした。「娘さんの誕生日が近いんですよね。これはつまらないものですが」

「困りますね、こんなことをしてもらっては」

「あなたに助けてもらった恩は忘れません。あなたは私が密輸に該当する行為をしていると知っていながら、警察に対して私の無実を保証してくれました。あなたの口添えがなければ、家族と暮らすこともできなかったでしょう」

「あなたには利用価値があると思ったからです。それだけです」山下は並河に気を使わせまいと、つとめてビジネスライクな言い方をした。


並河と別れた山下はタクシーに乗り、ファン・ユンジュに電話をかけた。

携帯を操作しながら、ちらっと思った。利用価値か——。

ユンジュも結局、自分にとっては利用するだけの存在なのだろうか。

おれはいつのまにか、自分にとって利用価値があるかないか、その尺度だけで人を見るようになってしまっているのではないだろうか。それは官僚の考え方そのものではないか。

おれは身分こそ公務員だが、官僚が嫌いでたまらない。だからこそ、上司の命令にふりまわされず、自分の判断で助ける、このポストを選んだはずなのに——。

〝山下さん、電話待ってたわ！〟ユンジュのはずむような声がした。

「いい知らせがある」山下はそう言って、並河から聞いた母親の件を伝えた。「近いうちに、お母さんの住所と電話番号がわかると思う。ただ、おれがOKを出すまでは絶対に電話をしないように」

〝わかってる——。私の方にも収穫があったのよ。夫の引き出しのファイルの中に、こんな動画があったの〟

携帯に動画が転送されてきた。

ベッドを斜め上から見下ろすアングルだ。白くむくんだ感じの男性の背中が、若い女に覆いかぶさっている。

体位が変わって、男性が下になり、その顔が明らかになった瞬間、山下は息をのんだ。

ついさっき、自分が本部に報告した丸山正弘教授その人ではないか！　顔は快感に歪んでいるが、間違いない。

このカメラをしかけたのは、おそらく相手の女性だろう。教科書通りのハニートラップだ。性的なアプローチをかけることで、相手から機密情報をひきだそうとするハニートラップ。国策として自国の国民、また外国人に対してこれをおこなっている国はいくつもある。標的となるのは政治家、財界人、技術者、警察官、司法関係者、さらには聖職者まで多岐にわたる。

トラップをしかける側は、十分に時間をかけて、標的となるべき人物の性的嗜好を調べあげる。そして何千人、何万人とストックしている女性（もちろん男性もいる）の中から、最もその嗜好に合致した者を送り出すのだ。

標的はほとんどが高学歴の知的階層だ。ハニートラップにかかるのはよほどの愚か者であり、自分がかかるはずはないと、一人残らず信じこんでいる。そして一人残らず罠にかかるのだ。花の蜜に吸い寄せられる虫のように。

一度でも肉体関係をもってしまったら終わりだ。写真、動画を撮られ、脅しをかけられる。これを家族や職場に知られたくなければ――。

丸山教授も罠にかかったのだ。そしてそのことにまだ気づかないまま、トラップをしかけた女と関係を続けているのだろう。

並河から今岡商事の盗撮を提供された直後に、ユンジュ提供の丸山教授の盗撮か——。今日は盗撮に縁のある日らしい。山下は心の中で苦笑した。

〝役に立ちそう？〟

「ああ、すごくね。今度食事をおごるよ」

ユンジュとの話を終えた山下は、運転手に鎌倉へ向かうよう指示した。鎌倉へ向かっている谷、水沼と合流するのだ。

テレビでも見ようかと思い、画面をテレビにきりかえた。なんの気なしに見た国会中継の画面だったが、山下はあわてて耳にイヤホンをつけ、ボリュームを最大にした。

友松佑一議員が質問に立っている。中距離ミサイルの配備を強硬に主張する一派に所属する与党議員だ。公にはされていないが、ミサイル派のトップが現与党幹事長の大久保正直であることは誰もが知っている。そして答弁に立っているのは、シェルター建設を提案し続けている超党派議員連盟の富坂義男だ。

〝あなたが執拗に主張されておられる、ミサイル用シェルターについておたずねします〟

友松が言った。〝このシェルターはどの程度の規模ですか？〟

〝二百人収容可能の地下シェルターを五十基、都内各所に設置する計画です〟富坂が答えた。

〝一万人分ですか。東京の人口が何人かご存じですか?〟

〝もちろんこれは第一次です。第二次は百基、第三次はさらに百基、ゆくゆくは十万人収容を目標としています。専用シェルターのほか、周辺ビルや地下街の補修工事もおこない、シェルターとして利用できるようにします。これはミサイルに対してだけではなく、地震や津波などの自然災害の際のシェルターとしても使えます〟

〝第一次の工費の想定額は?〟

〝シェルター一基につき二億円、約百億円です〟

議場内にどよめきが起きた。友松は、みなさん聞きましたか、というポーズをしてから富坂に言った。〝百億ですか。迎撃用ミサイルPAC-3が十基買える額ですね〟

〝私は迎撃用ミサイルを増やすなら、それと並行してシェルターも作るべきだと言ってるだけです。迎撃ミサイルとシェルターは防衛のための両輪なんです。ましてPAC-3がどれほど有効かわからない以上は――〟

〝PAC-3は実験演習で百パーセントの迎撃成功率を誇っていますよ〟

〝しかしその映像は公開されていません。百歩ゆずって実験での成功率が百パーセントだったとしても、それは実戦での成功をなんら保証するものではありません〟

〝かりにあなたの言うとおり、最終的に十万人規模のシェルターを作ろうとするなら、一千億円の予算が必要になりますね。それをどうやって捻出しますか？〟

〝簡単です。原発の新規建設を中止すればよろしい。原発を建てるには一兆円、いずれ廃炉するときは一・五兆円かかるんです。これだけの金があれば二百五十万人分のシェルターを作れます〟

〝国策である原発を、無用というのですか？〟

〝脱原発こそ新たな国策だというのが、あなたがたのお題目ではなかったのですか？〟

〝富坂さん、これは私の親切心から言うのですが、あなたの言うことはわれわれの心に、さっぱり響いてこないんですよねえ。これはこの国会をご覧になっているすべての方々がそうだと思いますよ。シェルターよりミサイルの方がはるかに有効で、実現性が高いんです。あなたほどの政治家が、なぜこんな無駄な主張をくりかえすんですか？〟

〝私はシェルターを無駄とは思いません〟

〝富坂さん、私は予言します。シェルター建設案は可決どころか、議案として認められることさえないでしょう。一日も早くシェルター案を捨てて、正しい道を選ぶべきです〟

〝ミサイル推進派につけということですか。あなたがたの本音が迎撃ではなく、先制攻撃にあるとわかっているのに？〟

〝議長、ただ今の発言の削除を求めます〟友松がポーズをつけながら言った。

山下はテレビのスイッチを切った。

「友松のやつめ――幹事長の腰巾着が！」山下はいまいましげにつぶやいた。

友松が富坂に対してこのような、ことさら挑発的な態度をとるのは、ミサイル派の急先鋒である大久保幹事長の機嫌をとるためにほかならない。

友松は、自分こそ大久保の一番弟子だとしきりにSNS上で吹聴している。もっとも大久保の方は、これをかなり迷惑がっているようだが。

富坂先生、友松みたいなブタ野郎の言うことなんか気にせず、がんばってください。山下は心の中で声援をおくった。

山下が富坂と親しくなったのは二〇一一年十二月、金正日《キムジョンイル》が死去したという真偽不明の情報が世界をかけめぐっていたときだった。

日本国内では首相官邸が真偽の確認に躍起となっていたが、公安調査庁からも警視庁外事課からも、はっきりした報告はあがってこなかった。

その夜山下は都内某所のバーで飲んでいたが、いきなり、それまで一面識もない富坂から電話を受けたのだった。

〝君の名はみんなが知っているが、私が君に相談してみたいというと、みんながやめろやめろと言う。だからこうして電話したんだ〟富坂は言った。

〝私自身嫌われ者なので、嫌われ者には親近感を抱いてしまう癖があってね。金正日は本当に死んだのかどうか、調べてくれないか？〟

「そのことなら、もう調べました」山下は携帯を右手で持ったまま、左手でオンザロックをすすりながら言った。

「アメリカの太平洋艦隊は警戒レベルを上げていますし、韓国の大統領は自宅から大統領府に戻っています。さらに、平壌にあるドイツ大使館の大使が本国にあてた電報で、平壌市内には禁足令が出たと報告しています。すべて私の個人的なアンテナから得た情報ですが、以上のことからして、金正日は死亡したと判断してよいと思います。ついでに言うと、さっき朝鮮統合の前を通ってきたんですが、裏の通用玄関の外にコックや使用人たちがしめだされていました。話を聞かれないように、建物の外へ出されたんでしょう」

〝すごい！　そのことを誰かに報告したかね？〟

「いいえ、誰からも聞かれていませんし」

富坂は山下に、今後は自分のブレーンになってくれと頼み、山下はそれを快諾した。誰も知らない、二人のホットラインの始まりだった。

2

「あんた、あたしのことを魔法つかいのばあさんだと思ってるだろ」水沼純は、谷の方を見もせず、せんべいをボリボリ齧りながら言った。

「いえ、その」いきなり言われた谷は口ごもった。

「いいんだよ、小学生の時からあたしの仇名はおばあちゃんだったんだし」水沼は言った。

「あたしの息子はいま二十五歳だけど、物心ついたときからあたしのことをおばあちゃんと呼んでばかりで、おかあさんと呼んだことなんて一度もないんだ。若い頃はいいかげんにしてくれと思ってたけど、いまや本物のおばあちゃんになっちまったしね。からだが仇名においついたってところかな」

「いえ、そんな……」

谷と水沼の乗った列車は、横須賀線を鎌倉へむけて走っている。

はじめのうちはとっつきにくそうに思えた水沼だが、話してみると意外にさばけた感じで、谷はほっとしていた。

「この間は大変だったらしいね」水沼は谷の負傷を気づかった。

「空手は子供のころからやってて、海保に入ってからも逮捕術の講習は積極的に受けたんですが、実戦となるとまったく手も足も出なくて、情けないかぎりです」谷はため息をついた。

「最初はそんなもんだよ。次からはちゃんと動けるようになるさ」

「いつか山下室長の域に、すこしでも近づけるでしょうか？」

「それはちょっと無理かもしれないね。あいつの場合、腕の使い道が違うんだから」

「と言いますと？」

「あんたの武術は、相手を生きたまま制圧するためのものだろ。あいつのはそうじゃないんだ。相手を殺すか、車椅子生活にするためのものなんだ。木刀と真剣くらい差があるんだよ。あんたが見たときのあいつは、相当手加減をしてたはずだ」

「あれで、ですか？」

「あいつが本気を出したら、ただじゃすまないよ。殴るとか蹴るとかを通り越して、骨や肉がちぎれ飛ぶ騒ぎになるはずだ。あたしをふくめて誰も、まだそれを見た者はいないけどね」

谷は、首筋の毛が少し逆立つのを感じた。気分を変えようと、ことさら明るい口調で言った。「山下室長のことあいつと呼んでますけど、親しいんですか？」

「何年もあいつのために武器を作ってやってるからね――。ところであんた、何かでトラブったために、いま水がこわいんだって？」

「はい」谷はうなずいた。「正直、水がこわいです。無理して泳ごうとすると、胸がひきつったようになって、息継ぎができなくなってしまうありさまで」

「だったら、これを使うといいよ」水沼は谷に紙袋を渡した。

「これって、ヘアバンドじゃないですか」谷は紙袋の中からひきだしたものを見て、首をかしげた。そう、どう見てもプラスチック製の青緑色のヘアバンドなのだ。

「メモを添えといたから、あとでゆっくり読んで」

「ありがとうございます――。ところで、石竹さんから聞いたんですけど」谷はヘアバンドを紙袋にしまいながら、水沼を横目で見た。

「山下さんは、古賀次長と親しいんですか？」

「ああ、まあね」水沼は言葉をにごした。加藤や石竹の時と同じだ。「昔、ちょっとあってね」

「石竹さんから、大体のことは聞いたんですけど」谷はハッタリをかませた。

「なんだ、もう聞いたのか」水沼は気を許したのか、ぺらぺらしゃべり始めた。

「まずかったよねえ、次長の息子を死なせちゃうなんてねえ」

谷はえっ、と声を上げたいのを我慢し、ですよねえ、と相槌を打った。

「山下は責任とってやめる気でいたんだけど、次長が止めたんだよね。事故だったんだ、仕方なかったんだって言って。それだけ山下のことを買ってたんだろうけど、偉い人だ。あれだけの人はなかなかいないよ。大体あの人は——」

谷はもう水沼の言葉を聞いていなかった。

山下が古賀次長の、海保ナンバーツーの息子を死なせた。二度目の降格はそのためだったのか。

ではあのメールは根も葉もない中傷ではなく、事実だったというのか？


午後二時すぎ、谷と水沼は鎌倉の沖田洋史の自宅に到着した。商店街からすこしひっこんだ通りにある、平屋の一軒家だった。

沖田は丸山教授のもとで研究生をしていたが、いまは研究室をやめて実家に戻ってきている。

水沼は「あんたはあっちへ」と谷を玄関へ向かわせた。

谷は玄関のブザーを押したが応答がなかった。裏でばたばた音がし、男の叫び声がした。

谷が行くと、若い男が水沼に腕をねじあげられていた。沖田洋史だ。裏口から逃走をはかったらしい。

二人は沖田を家の中に戻し、聴取した。おもに聞くのは水沼で、保育士が子供に聞くような口調でやんわりと問いつめた。「どうして逃げようとしたの？」

「警察には何も言いませんからね」沖田は頑固そうに腕組みをして言ったが、その腕は細かくふるえている。「僕には黙秘権があるんだ」

「わたしたちは警察じゃありません、海上保安庁です。あなたが陸の上で何をしようと関心はありません。九大の丸山教授のことを聞きたいだけなんです」

「丸山先生のことを？」沖田は逮捕されることはないと知ってすこし安心したらしい。

「あなた、丸山研究室をなぜやめたの？」水谷はたずねた。

「遠心分離機の部品が盗まれる事件があって、僕に疑いがかかったからです」沖田は言った。「さっき逃げようとしたのは、そのことで捕まえに来たんじゃないかと思ったからです」

谷と水沼は顔を見合わせた。遠心分離機？　盗難？　こんなことは初耳だ。大学が隠しているのだろうか。

「あなたが盗んだの？」水沼は聞いたが、沖田はぶるぶると首を振った。

「まさか。あれは僕じゃありません」

「あれは、ということは、ほかにはいろいろやってるわけ？　あなたがやめたのは、研究室の備品を盗んで売り払っていたのがばれたからじゃないの？」

「そんなことどうでもいいじゃないですか。丸山先生のことを聞きたいんでしょ？」

沖田は丸山について一応知ってはいるが、すでに調査室が推定していることの念押し程度で、話の大半は、自分の生活の貧しさに対する愚痴ばかりだった。遠心分離機の件を知ったことだけが収穫だった。

3

午後四時すぎ、山下が鎌倉に到着した。谷をタクシーで拾い、今岡商事に向かった。

水沼は沖田の聴取をつづけるために残り、それがすんだら東京へひきあげることになっている。山下は谷から遠心分離機部品盗難の報告を聞き、驚いた顔になった。九大にいる石竹に電話した。

「盗難についてくわしく知りたい。学長を追及して捜査に協力させろ」

〝あの学長、遠心分離機のことなんてひと言も言わなかったですよ〟石竹はいまいましげに言った。〝これ以上とぼけるようだったら、ゆさぶってもかまいませんか?〟

「ほどほどにしとけよ」

〝わかってます〟石竹はうれしそうに言って通話を切った。

山下は谷に今岡商事の件を説明した。

「今岡商事は北朝鮮に軍事転用可能なドローンを輸出しようとしている。これが高麗ホテルでの商談の動画だ——なんだ、そんなに人の顔をじろじろ見て?」

「いえ」谷はあわてて目をそらした。列車の中で水沼から聞かされたことが、いまだに耳の中に残っている。

山下は本当に、古賀次長の息子を——。

いや、忘れよう。谷は心の中で首を振った。誰でも過去には何かをかかえているのだ。自分だってそうではないか。今は目の前の任務に専念するのだ。

谷はイヤホンを耳に、スマホの動画を見た。隠し撮りのため、画面がゆれている。ホテルのロビーのソファで、二人の男がむかいあって話している。一人は日本人のようで、これが今岡なのだろう。間にいる女性は通訳らしい。

〝今回、ドローンを五機購入します。一機あたり、講習費こみで一千万日本円でいかがでしょう?〟相手の男が言った。

〝講習をおこなうのはどこで？〟今岡が言った。〝私は北朝鮮へはそう頻繁には来られないのですが〟

〝ではシンガポールで〟


午後五時十分、山下と谷は今岡商事の応接室で社長の今岡と対面した。今岡は童顔で、学生服を着れば高校生でも通りそうだ。何かにおびえたような落ち着かない目つきをしているが、これが常態なのだろうか。

山下は今岡にスマホの動画を見せた。「これはあなたですね」今岡はたちまち紙のような顔色になった。内心の動揺を隠せない性質《たち》らしい。山下が「すべて知っている」とたたみかけると観念し、経済制裁下の北朝鮮と取引をすることになった経緯を話した。

中国のビジネスマンと名乗る男から、農薬散布用ドローンの売買取引をもちかけられた。その前年、中国との貿易で商品が中国当局にさしおさえられ、数百万の損失を出していた。今岡はその穴埋めに奔走している最中だった。いま思えば、相手は今岡のその窮状を知っていて近づいてきたのかもしれない。中国当局から情報を仕入れた上で――。

ほどなく、相手は北朝鮮関係者だということがわかったが、もう手遅れだった。ガタガタ震えている今岡に、相手はにこにこしながら言った。

北朝鮮と取引していることがわかれば、あなたの会社も家庭も終わりです。でも心配することはありません。黙っていれば誰にもわかりはしないのです。

その通り、今岡自身も拍子抜けするほど、何事もおきなかった。相手に従っているかぎり、平穏無事なのだ。いつのまにか北朝鮮まで行き、現地の人と歓談するまでになった。何も変わらない、このままの日常が続くのだと思っていた。つい数分前までは——。

今岡は、大切な日常が崩壊するのではないかという恐怖に、ガタガタ震えている。

山下はなだめた。「私の言うとおりにすれば大丈夫です。次の取引の日時は?」

今岡は簡単に答えた。「十五日の夜です」

「十五日といえば、三日後じゃないですか! 神奈川県警に応援を頼まないと」

二時間後、神奈川県警の会議室で作戦会議が始まった。

県警からは刑事部長、薬物銃器対策課課長ほか五名、海保からは第三管区海上保安本部の警備救難部長以下五名が参加した。山下が事件の概要を説明した。

「北朝鮮の軍事技術は年々進んでおり、ドローンも例外ではありません。

最近では、北朝鮮のものとみられる不審船から航続距離の長いドローンが飛び立ち、日本近海を飛行しているのがたびたび目撃されています。こうした軍事的脅威への観点から、軍事転用可能な技術の輸出については、水際で阻止しなければなりません」

続いて、容疑者確保のための具体的な手順を県警の代表が説明した。

「協力のための警察官は、五十名出します」

会議が終わって一息ついているとき、九大の石竹から電話が来た。

〝学長の尻をけとばして、防犯カメラの画像を出させました。三人の男が遠心分離機の一部をはずして、丸山研究室から持ち出すようすがうつっています。大学としては自力で犯人をつきとめるつもりだったらしいですが、うまくいかず、そのままになっていたようです〟

「なぜ学長は被害届をださなかった?」

〝当の丸山教授からストップがかかっていたようです。丸山教授は有名なので発言力も強く、学長は言いなりです〟

つづいて加藤から電話がきた。〝例の三段式ロケットは、横浜港に陸揚げされました。衛星画像で確認し、分析班に送りました〟

「日本製の部品はあったか？」

〝それはありませんでしたが、ただ燃料系統のパイプと配線からすると、これまでの液体燃料にかわり、やはり固体燃料が使われていたようです。日本海に落ちたことでもわかるように、燃焼は不完全だったようですが〟

4

九月十五日午後八時過ぎ。江の島ヨットハーバー。

山下と谷は、神奈川県警の警官隊とともに建物の陰に隠れ、張り込んでいる。

午後八時半。今岡が車を運転してきた。後部に繋がれた牽引車の中にはドローンが入っている。

今岡が車から降りた。いつも通りにと、あれほど言ってきかせておいたのに、真っ青な顔でガタガタ震えている。物陰から見守っている山下は舌打ちした。これで相手に不信感を持たれなかったらもうけものだ。張り込んでいる誰もがハラハラしている。

エンジン音がし、小型のライトバンが近づいてきた。二人の男が降りた。いずれも海水パンツにシャツ、サンダルという軽装だ。

今岡と話している。音声は今岡のシャツの下に装着されたワイヤレスマイクによってとらえられている。

〝今岡さん、どうしたの〟男の一人が日本語で言った。〝ずいぶん顔色が悪いね〟

なめらかな発音で、ふつうの人が聞いたら日本人としか思わないだろうが、山下の耳は、ほんのわずかな朝鮮語なまりを聞きとっていた。

もう一人の男のほうは黙ったまま今岡を見ている。おそらく相棒ほど日本語がうまくないのだろう。

〝はあ、ちょっと。じ、じ、持病の、イ、イ、胃炎が〟今岡が震える声でこたえた。山下は思わず小さく舌打ちをした。私は緊張すると吃音になるんです、そのことは先方もわかっていますと今岡は言っていたが、不自然さ丸出しではないか。

〝大変だね。カオリちゃんは元気？〟

〝はい。お、お、おかげさまで〟

カオリというのは来年中学生になる今岡のひとり娘だ。さりげなく家族の名を出すことで、今岡にプレッシャーをかけている。

〝さっきから何をキョロキョロしてるの〟男の声がすこし険しくなった。

〝はあ、べ、べ、べ――〟

〝別に何でもないなら、いいんだけどさ。ちょっと身体検査させてもらっていい？〟

〝身体検査!?〟今岡の声がはねあがった。山下以下、待機している全員がはっと息をのんだ。〝なぜです。今まで一度もそんなこと〟

〝上からの指示なんだよ。なんでも先月、取引相手の日本人がシャツの下にワイヤレスマイクをつけてきたそうでさあ。その日本人は泣いてあやまったそうだよ。警察におどかされたんです、協力しなければ家族全員スパイ容疑で逮捕すると脅かされたんです――。日本の警察も、ひどいことをするよなあ〟

〝ほ、本当にそうですね〟

〝シャツの前、あけてくれる？〟

山下の額を汗がつたった。今岡がそうしなければ、男の手でシャツがひきあけられるだろう。たちまちマイクが見つかる。もうすこし見つかりにくいところに装着しておけばよかったと思ったが、後の祭りだ。今岡にはこの場を言い逃れる機転などありそうもない。

震えている今岡に業を煮やしたのか、男が両手をのばそうとした。山下は心の中で合掌した。そのときだった。

それまでずっと黙っていたもう一人の男が指で腕時計をたたき、首をふりながら相棒に何か言ったのだ。時間がない、急げと言っているのだろう。もう相棒のそばを離れ、今岡の車からドローンののった牽引車をはずそうとしている。

〝まあ、いいか〟男は肩をすくめると右手をポケットにいれ、封筒をとりだした。中には小切手が入っているのだろう。今岡は震える手で受け取ろうとしたが、取り落としてしまった。

今岡と男は同時にかがみ、封筒をとろうとした。その瞬間、今岡の襟元からするするっと、マイクがコードをひきずって地面に落ちたのだ！　カタンと大きな音がした。

山下は心臓の鼓動がとまったように思った。時間までが止まったかのようだ。

二人の男がそろってマイクを見おろしている。今岡は今にも昏倒しそうだ。山下は警官隊に目配せしようとした。拳銃を使うしかないかもしれない。

が、次の瞬間におきたことは、全員にとって予想外のことだった。

二人のうちの一人がマイクを拾って今岡に渡したのだ。ポケットティッシュでも渡すように。

それが何かわかっていないのだろうか？　山下は当惑しつつも安心した。だがそれは一瞬のことだった。

二人は何事もなかったかのように牽引車を車につなごうとするそぶりを見せたが――ふいに牽引車を捨てると、海へむかって走りだした！　やはり、というか当り前のことだが、自分たちが包囲されていることに気づいたのだ。包囲陣を油断させ、逃げる時間を稼ごうと考えたに違いない。

警察官がいっせいに飛び出し、二人に駆けよった。一人はホールドアップしたが、もう一人は突堤から海にとびこんだ。

山下は大急ぎで靴を脱ぎ、上着も脱ぎ捨てると、男を追って海にダイビングした。

「山下さん!」谷の呼ぶ声は、海中にとびこむと同時に聞こえなくなった。

海中は真っ暗で、突堤の明かりが頭上の海面をオレンジ色の天井のように照らしている。その光をたよりに山下は前方を見すえた。海水パンツの男が潜水したまま平泳ぎで逃げていく。山下も息をつめて泳いだ。小さな魚の群れが、泡をくって逃げていく。山下は平泳ぎで追った。トレーニングの成果を見せる時だ。

ほどなく追いつき、水中での格闘となった。

山下は腕で相手の首をしめようとしたが、相手は意外にてごわかった。山下は上衣と靴は脱いだとはいえ、シャツとズボンはつけたままで、それによって動きが制限される。逆に背後をとられ、相手の両腕が首にまきついてきた。すでに潜水時間は三分をこえており、目の前が赤くなってきた。

まずいこのままでは、と思ったとき、急に腕の力がゆるんだ。

水中でからだをひるがえした山下は、大きな白い魚が海パンの男と争っているのを見た。魚と見えたのは谷だった。服を脱ぎ捨て、ヘアバンドに下着だけの姿で男の背後から組みつき、両腕を首に回してしめあげている。男は白目をむき、もう抵抗する力も失っているようだった。山下は手を貸してやりたかったが、もう息が続かなかった。不本意ながら浮上し、息をついだ。

ほどなく谷が浮上してきた。気絶した男の首っ玉をつかんでいる。

「なんだ、泳げるじゃないか」山下は笑って言った。

「水沼さんのおかげです」谷は紅潮した顔で言い、口にくわえていたチューブをはずした。水沼から渡されていたヘアバンドは、圧縮空気をみたしたボンベだった。引き出したチューブから、数分間ではあるが空気を吸うことができるのだ。呼吸が確保できさえすれば、谷にとって水は恐怖の対象ではない。

「トラウマ脱出おめでとう。これで潜水士に復帰できるな」山下が言うと、谷は血相をかえた。

「とんでもありません。わたしの職場はここです。ずっとここにいます！」

「とにかく、助けてくれてありがとう」

警官の手を借り、岸壁にはいあがりながら山下は思った。今岡とその家族を、警察に保護してもらわなくては。工作員の雇い主が今度のことを知ったら、今岡の裏切りを許しはしないだろう。

とりあえず、工作員（と思われる）二名を生け捕りにするという目的は達した。

「車を回してくれ」二人が連行されていくのを見届けてから、山下は全身をタオルでふき、大急ぎで服を着がえるとタクシーに乗りこんだ。

中野の自宅へ向かうよう運転手に指示してから、調査室の加藤に電話をかけた。今岡保護の件を伝えてから、言った。

「明日、福岡へ行って丸山教授と会う。石竹に、九大で合流しようと伝えてくれ」

〝わかりました〟

自宅まで半分ほどの距離まで来たところで、携帯が鳴った。

昨日ホテルで説教した雑誌記者・藤木稔からだ。

〝極上のネタです。国土交通省から海保に出向している、装備技術部の北村部長が、ミス海保と不倫関係になっているようです〟

「ミス海保って、深江みどりか？」

「そうです」

ミス海保とは、女性隊員の中でもとびきりの美人をさす、男性隊員の間での隠語のようなもので、公式のミス海保コンテストといったものがあるわけではない。

山下は、深江みどりとは一度だけ立ち話をしたことがある。

当時深江は入庁して二年ほどだったが、新年度の懇親会パーティのとき、上司にともなわれて山下の前に立ったのだ。式典用の第一種制服は体の線をほとんど消してしまうのだが、それでも山下には、深江が抜群のプロポーションの持ち主であることがよくわかった。パーティの人混みの中で、深江にだけスポットライトが当たっているようだった。

その深江は、にこにこしながら山下に言ったのだ。「山下さんって、二度も降格されたことがあるそうですね！」

一瞬、あたりの空気が凍りついたようになった。上司があわてて、こら、という仕草をするのにもかまわず、深江は続けた。

「あたしボクシングのファンなので、打たれ強い男性って好きなんです。一度見てみたかったんです。どんな顔をした人なのかと思って」

「こんな顔だよ」山下は苦笑しながら言った。周囲のみんなは、山下がまったく気にしていないのを見て安心したようだった。

山下と深江は飲み物を手に雑談した。なぜ海保に、と山下が聞くと、

「叔母さんが元海保で、あたし中学の時もう百六十センチあったんですけど、その制服を着て運動会の応援団長をやったら大ウケで、ああこれを着たら目立てるんだなあって思ったんです」

「目立つために海保に入ったのか」

「動機として不純ですか？」

「いや、大いにけっこう。実際君は非常に目立ってるしね。今だってまわり中の男性が君を見ているよ。君は、他人からじろじろ見られることに抵抗はないの？」

「全然ありません。これは神様がくれたギフトなんですから」

ギフトは使わなければ損というわけか――。山下は、タクシーの後部席で苦笑した。ギフトのおかげで深江はミス海保として認知され、北村部長からモーションをかけられる身となった。いや、実際には深江の方が北村を利用しているのかもしれない。海保内での地位と安定を得るために――。

「北村部長は、国土交通省の事務次官候補の一人だろ。それがみどりと――」

〝毎週金曜の夜、北村部長は深江みどりのマンションに通っています〟

「なにっ、金曜――今夜じゃないか！」

〝どうです、いいネタでしょう？　これでこの間のことは――〟

「帳消しになると思ったら大間違いだ。このネタは――」

〝わかってます。編集長にはまだ知らせていません〟

「おれがいいと言うまで記事にはするなよ」

〝わかってます〟

山下は運転手に命じて、行き先を深江みどりのマンションがある幡ヶ谷に変えさせた。今のネタが本物かどうか、自分の目で確かめておかなければならない。自宅に戻れるのは、日付がかわってからになりそうだ。

午後十一時二十七分。山下は深江みどりの自宅マンションの前から五十メートルほど離れた場所に停めた車の中にいた。ここは坂の上なので三階にある深江みどりの部屋をわずかに見おろす形となる。

まだ髪がすこし湿っている。山下はくしゃみが出そうになるのをこらえた。カゼをひかなければいいが。

街灯の明かりの中、ひとりの男が歩いてきた。北村装備技術部長だ。

タヌキを思わせる小太りの男で、肩書を知らない者には、中間管理職のオジさんとしか見えないだろう。すでに酔っているのか赤い顔をして鼻唄をうたっている。まったく無警戒だ。ネクタイをゆるめ、手にはケーキの箱らしいものを下げている。マンションの中へ入った。

山下は胸ポケットから出したボールペンを水平にし、右目にあてた。ペン形の望遠鏡で、二十倍までズームできる。

丸い視界の中は、深江みどりの部屋の窓だ。カーテンがあけっぱなしで、ランジェリー姿のみどりがベッドであぐらをかいてタバコをすっている。

ドアチャイムが鳴ったのか、タバコをもみ消し、消臭スプレーをまき、視界から消えた。

戻ってきたときは北村部長と一緒だった。抱き合い、キスを交わしている。

北村が窓を指して何か言った。深江みどりは面倒くさそうにカーテンをしめた。

山下は海保長官の女性秘書に電話した。この時刻だが、さいわい電話は通じた。

「野崎長官はいまどこかな?」山下はたずねた。

〝エルよ。今夜も二時、三時までいくでしょうね〟秘書は答えた。山下からはいつも好物のとらやのドラ焼きを差し入れてもらっているので、協力的だ。

エルは、海保の幹部がよく使う赤坂の高級クラブだ。音響効果がいいというので、カラオケ好きの長官は週に一度は通っている。

「長官はカラオケで君は残業か。大変だな」

〝いつものことよ。それよりどうしたの、声が変よ〟

「ちょっとね。今度差し入れを持っていくよ」山下は、海中の格闘で男にしめられた痕が残る首筋をさすりながら通話を切ると、秘書に教えてもらったエルの番号に電話し、長官を出してくれと頼んだ。

野崎長官とは何度か面識がある。呼び出されるのはいつも、叱られるためだが。

野崎は本来なら山下を解雇したいのだが、そうもいかない。誰の耳にも入ってはまずいような情報を、たびたび山下は持ちこんでくるからだ。たとえば今度のような――。

〝誰だ？〟野崎長官の露骨に不機嫌な声がした。カラオケの演奏やホステスたちの声、タンバリンの音が聞こえる。

「情報調査室の山下です」

〝なんの用だ？　密輸団逮捕のことはさっき報告をうけたが、いい気になるなよ。あれくらいのことで、今までの君の――〟

「北村装備技術部長はご存じですね」

〝国交省から来てるあいつだろ〟

「ミス海保の深江みどりと不倫関係にあります」

野崎は絶句し、タンバリンの音だけがしばらく続いた。

やっと野崎の声がした。〝まさか……〟

「このことはすでにマスコミに知られています。私がおさえているので記事になっていないだけです」

〝永久におさえておいてほしいものだな。むろん見返りは考える〟急に口調が人間くさいこもったものになった。〝カラオケやってるんだが、来ないか？〟

「また今度にしましょう」山下は言った。

5

九月十六日。空路で九州まで移動した山下は、福岡空港からタクシーで九州大学へ直行し、昼休みの時間に本部建物で学長と面談した。

学長は前の日に石竹にしぼりあげられたため、すでに観念していた。肉づきのいい顔に脂汗をだらだら流しながら山下に弁解した。

「遠心分離機の部品の盗難届を出さなかったのは、以前から学内で不祥事が続き、逮捕者が出ていたためです。また九大かと世間から言われるのがおそろしくて……」

学長は石竹にまかせ、山下は丸山教授の研究室へむかった。本部から徒歩で五分ほどの距離だった。

　午後の講義が始まっている時間だったが、丸山は折よく在室しており、机にむかって英語の文献を読んでいた。かなりの近視らしく、近眼鏡をかけた目を文献にくっつけるようにしながらページを繰っている。カーディガンの上にはおった白衣はしわだらけで、インクや油のしみがあちこちについている。

　山下は戸口から声をかけた。「丸山先生ですね」

「そうですが」丸山は振り向きもせず、文献のページを繰りながら答えた。

　山下は机まで近づき、丸山の手元に名刺を置いた。「私、こういうものです」

「海上保安庁──情報調査室？」丸山は右手で名刺を取り上げ、左手でメガネをずりあげながら、怪訝そうに言った。「聞かない部署だね」

「最近できたものですから」山下は言った。「われわれはいま、北朝鮮のミサイル開発について調べています。と申し上げれば、私がなぜここにいるかは、おわかりですね？」

「さあ、まったくわかりませんが」丸山はまだ山下の方を見ないまま言った。

「先生、この問題は日本だけにとどまらず、アメリカにとっても安全保障上大きな脅威なんです。われわれの捜査に協力していただかないと、ＣＩＡが先生を米本土まで連行し、取り調べをすることになるかもしれません。われわれには、それを止めることはできないんです」

「私は何も知らないんだから仕方がない」

「遠心分離機の部品が三人の男によって盗まれたこともですか？」

「ああ、あれは――」

「先生は、このことを警察に通報しないでくれと学長に頼みましたね」

「私は何も言っていません。学長個人の判断です。不祥事がおきて補助金がカットされたらつまらんと考えたのでしょう」

「これは先生の去年以降の行動記録です。去年は四回、シンガポールへ出張されていますね。今年はすでに二回」

「そうですよ。研究者が国際的な学会に出て何の不思議がありますか？」

「あるんですねこれが。いずれの場合も学会の開催期間は四日から十日程度でした。しかし先生の滞在期間は二十日以上となっています」

「いろいろと雑用があるんですよ。主催団体の交流会に顔を出したり、他の教授と意見交換をしたり」

「いちばんの雑用は、これじゃありませんか？」

山下は紙焼きの写真を机に置いた。ユンジュから渡された男女の同衾《どうきん》画像をプリントしたものだ。

　さすがにこれは効いたらしく、丸山は初めて山下の方をむいた。近眼鏡のために、目が普通より大きく見える。両眼はまさか、というように見開かれている。

「この男性はあなたですね」山下は言った。

「知らない。私じゃない」そう言いながらも、丸山の顔は青ざめはじめている。

「先生がこの写真を見るのは、これが初めてではないはずです。あなたはすでにこの写真を見せられている。シンガポールでこの女性と関係をもった数日後に。

　あなたは帰国したあと、見知らぬ人物の訪問を受けた。その人物はあなたにこの写真を見せて言った。私に従わなければこの写真を――」

「そんな事実はない」

「その時点であなたは悟ったはずです。自分は罠に落ちた。これからの一生、この男の奴隷になるほかはない」

「想像でものを言うのはよしなさい」

「想像だけではないのです。われわれはすでにこの女性を確保し、証言を得ているのですから」山下はスマホの動画の再生ボタンを押し、机に置いた。

　液晶画面の中で、若い女がふてくされたような表情でしゃべっている。ハニートラップ動画に出ていた女だ。外国籍らしく、たどたどしい日本語だ。

〝雇い主が誰かなんて知らない。ネットで契約した。指定された日に指定の場所で男の人と会う。離れたところにカメラマンがいて、写真を撮る。寝室の窓をそっと開けておいたりとか、わたしが自分で撮るときもある。

どう言って近づくとか、話を盛り上げるとか、ネタはメールで送られてきていて、その通りのことをしゃべると、みんなおもしろいように食いついてくるし。特にあのおじいちゃん、丸山さんだっけ、あの人なんて、こっちが何もしゃべらないのに一人でペラペラペラペラ、楽な人だった。

罠にかけるなんて言うけど、かけられる方にも、ええと、その……。（素質か、と画面外から声）そうそう、素質があるのよ〟

「しかし考えてみれば、奴隷も悪くありませんよね」山下はスマホの再生を止め、ポケットに戻しながら言った。丸山の顔は明らかに青ざめている。

「言われるままに資料を渡しさえすれば、そのつど報酬をもらえるんだし、シンガポールへ行くたびに、この女性がベッドをあたためてくれているわけですから」

「…………」丸山は山下をにらみつけたかと思うと、うろうろと視線をめぐらせたりした。何か言い返したいのだが、どう言い返せばよいかわからないのだ。すかさず山下はブラフをかませた。

「この女性は、いまわれわれの拘束下にあります。先生がわれわれに協力すると約束してくださるなら、因果をふくめて解放しましょう。しかし、かりに彼女が警察の手に渡り、先生とのことを話せば……」

「私を脅迫する気か?」

「すでに先生の容疑は確定しているんですよ」山下は一本ずつ指を折ってみせた。

「金品をもらっていたら外為法違反、軍事転用の技術を漏洩していたらこれも外為法違反、遠心分離機の部品の盗難に関与していたのなら窃盗罪……」

丸山の目がぐるぐる動いている。もう時間の問題だ。山下は待った。

丸山はついに、押し出すように言った。「家族には……」

「もちろん何も言いません。先生も、先生のご家族の生活も、すべてこれまで通りです。先生がわれわれに協力してくだされば」

「かれらは私を歓待してくれたんだ。日本であんな待遇を受けたことは一度もない。かれらは私の能力を正当に評価してくれたんだ」

「それがかれらの手なんですよ。鞭で脅したかと思うと、とろけるように甘い飴を口元にさしだしてくる——。そして問題は、北朝鮮の罠にかかることは、アメリカの罠にかかることでもあるということです。

今回のことをアメリカが知ったら、アメリカは安保条約にのっとり、北朝鮮のミサイルに対抗するための新たな国防予算を日本に要求してくるでしょうからね。ただしその予算は日本じゃなく、アメリカ本土を守るために回されるんです。それを日本は払うしかないんです。社会福祉費、再生可能エネルギー開発費を削ってでも」

「………」

「先生のお持ちの情報をすべてわれわれに提供していただきます。ご自宅のパソコンを調べさせていただきますが、よろしいですね」

丸山はうなずいた。

この時のことを、山下はあとあと何度も思い出すことになる。

ここまではまったくうまくいっていたのだ。それが――。

あんなことになったのは、自分に隙があったからだ。その点、弁解の余地はない。だが隙とは、人間である以上、誰でもあるものではないのか。なぜ自分だけ、その隙をつかれて失態を犯してしまうのだろう。古賀の時もそうだった。そしてこの時も……。

山下は丸山の運転する車で、丸山の自宅へむかった。

丸山の家はJR香椎線に近い海沿いにあり、道路は崖上にある。

車をおりようとしたとき、山下は殺気を感じた。丸山に言った。

「車の中にいてください。絶対に外へ出ないで」

山下は車からおり、丸山の家の呼び鈴を押したが応答はなかった。丸山から借りたキーで家の中へはいった。

一歩はいった瞬間、山下の鼻は血の匂いを嗅ぎとっていた。

台所は血の海だ。エプロン姿の女性がうつ伏せに倒れている。そして階段には子供が二人倒れている――。

考えるより早く体が動いていた。山下は受け身の要領で床にころがった。肩を金属バットがかすめ、床板にめりこんだ。一瞬遅かったら、頭蓋骨を割られていただろう。

目出し帽の男たちが襲いかかってきた。二人だ。

バットの第二撃が来たが、すでに体勢を立て直していた山下は余裕をもってかわした。もう一人の男がナイフを出すのが見えた。長びかせるのはまずい。山下は目線はナイフの男に当てたまま、半身の体勢で真後ろに横蹴りを放った。足先はバットの男の顎をとらえ、男は昏倒した。ナイフの男は、山下にはかなわないと見たのか、身をひるがえして逃走した。

外で丸山の声がした。家族の名を呼びながら車のドアを開け、外に出ようとしている。山下は出るな、と叫んだが遅かった。ナイフの男はロックが解除されたドアを引き開けると、丸山を車内へおしこみ、自分は運転席に乗りこんで車をスタートさせた。

山下はそれを追うのは断念し、携帯で警察と119番に通報すると家の中へとって返し、丸山の妻と子供たちに応急措置をほどこした。三人とも呼吸はなく、心拍も弱々しい。山下は汗だくになりながら、三人にかわるがわる心臓マッサージと人工呼吸をおこなった。しかしすべて徒労だった。

かけつけた救急車によって三人は病院へ運ばれたが、間もなく死亡が確認された。

一方、丸山を乗せた車は海岸沿いの道路を逃走したが、パトカーに追跡された末にハンドル操作をあやまり、ガードレールを破って数十メートル下の海に転落した。丸山と、丸山を拉致した男の生死は不明――。

日付をとっくにまたいだ九月十七日午前二時三十七分、福岡市博多区内某所。山下は手酌でウィスキーを飲んでいる。

カウンターに置かれている携帯からは、アメリカ大使館のトッド・ミラーのいらだたしげな声が流れている。

〝丸山教授の自宅からは、ハードディスクやUSBがすべて持ち出されていたそうじゃないか。海に落ちた車をひきあげて、これらを取り返すことだけでもできないのか。ええ？　丸山はかけがえのない情報源だったんだ。わが国にとっても、日本にとってもな。それを、こうもあっさりふいにしてしまうとはどういうことだ。なにがFOXだ！　君たちは自分たちをFellows of Xtra――選りすぐりの仲間たちなどと称しているようだが、Xtraには選りすぐりのほか、余りものという意味もあるんだぞ。海保のお荷物にならないよう、せいぜい気をつけるんだな。おい聞いてるのか山下！〟

山下は聞いていなかった。自分自身の迂闊さを許せない思いで、はらわたが煮えくりかえるようだった。

おれの動きは読まれていた！　やつらはおれが丸山と話している間に自宅を襲い、証拠を抹消する腹だったんだ。そして何の罪もない家族まで……。

どうやってこちらの動きを読んだのか、そんなことはどうでもいい。これからは戦争だと山下は思った。おれたちFOXと北朝鮮保衛省との戦争だ。

四章　絆

「山下君！」

羽田空港の出発ロビーのカウンターでコーヒーを飲んでいた山下は、横合いから声をかけられ、顔をあげた。「これは富坂先生」

「君と話をしたいしたいと思いながら、なかなか時間がとれなくてね。ちょうどよかった」富坂義夫は、腕時計を見ながら山下の隣の席にすわり、手にしたアタッシェケースを下に置いた。

すでに六十歳を過ぎているが、顔は浅黒く日焼けし、白髪がふさふさとしている。往年のネルソン・マンデラを思わせる風貌だ。

「これから北海道で集会なんだが、君は？」

「私は福岡です。ちょっと調べたいことがあって」

「顔が絆創膏だらけだな。また何か荒っぽいことでもやったのか」

「ええ、まあ……。それより先生、シェルター計画の方はいかがです？」

「それなんだが、ミサイル推進派は次の国会で議案を出すつもりでいるらしい。シェルター案への対抗であることは明らかだ。もちろんいきなり承認ということはないだろうが、最初から人数的に不利なわれわれとしてはいやな材料だ。ミサイルとシェルターの中間派の中には、ミサイル派になびく動きが出てきている。大久保幹事長の影響だよ。シェルターに賛成する者は、反大久保だという空気が醸成されつつあるんだ。誰だって幹事長ににらまれたくはないだろうからな」

「確かに、幹事長に尻尾をふるやつは多いですね。この間の国会中継、拝見しました」山下はコーヒーを一口飲んでから言った。「友松議員みたいなやつにからまれて大変でしょうが、くじけないでください。私も、私の仲間たちも、みんな応援してますから」

「ありがとう。シェルター建設は、おおげさに聞こえるかもしれないが、私のライフワークなんだ」富坂は力をこめて言った。

「私の母親は前《さき》の大戦が終わったとき八歳だったが、もう空襲のたびに親に手を引かれて近所の防空壕に逃げ込まなくてもいいとわかって、こんな嬉しいことはないと思ったそうだ。そして自分でも知らないうちに、いつも自分たちが逃げこんでいた防空壕に手をあわせていたそうだ。

警報が鳴るたびに防空壕に逃げこむのは確かに面倒きわまりないことだが、しかし防空壕がなければ、母は確実に死んでいただろう。つまりこの私が生まれることもなかったわけだ。その防空壕――シェルターを、この時代に私が作るめぐりあわせになったのは、当然といえば当然かもしれない。

シェルターなんてものは、作らずにすめばそれが一番いい。しかし今は、それが必要なときなんだ。さらに問題なのは、その必要性を増大させているのが北朝鮮よりもむしろ日本の急進派たちだということだ。敵のミサイルから自国民を守るシェルターを作らないまで反撃用のミサイルを配備するというのがどれほど馬鹿げているか、子供でもわかりそうなことなのに。そう、子供だよ。馬鹿な大人どもはともかく、子供の命は絶対に守らなきゃならん。そのために私は必ずシェルターを作る」

「それを聞いて安心しました」

この瞬間、山下は離れたところからスマホが自分たちにむけられていることに気づいていなかった。

いつもの山下だったら、富坂と話す前に、人目につかない場所に移動していただろう。富坂と情報調査室の関係は秘密なのだから。不注意だったとしか言いようがない。

スマホの主は二人の姿をカメラにおさめると、静かにその場を去った――。

1

九月二十日午後十時半、東京某所。山下はバーのカウンターにすわっていた。

最近、酒量が増えていることは自覚している。考え事をするには酒が必要なのだと自分自身に言いわけをしている。特に今夜は――。

携帯が鳴った。発信人は不明だが、誰からかはわかっている。

「こんばんは、次長」山下は言った。

〝今、ひとりで飲んでるんだ〟古賀孝俊の声が言った。〝今日は高士の命日だからね〟

「私もそうです」山下は言った。「あのことは、何度お詫びしてもしきれません」

〝もうそれは言わない約束じゃないか。仕方なかったんだ。誰のせいでもない〟

「いいえ、私のせいです」山下は言った。

「当時彼は、私の部下だったんですから。彼が北朝鮮に弱みをつかまれ、二重スパイにさせられようとしていたことに気づくことのできなかった私の落ち度です。しかも――。

彼は誰にも相談できず、胃から血を吐くほど悩んだんです。意を決して、私に電話してきたんです。誰にも言えないことでも私になら言えると思って。ところが私は、その電話に出なかったんです!

いつもならそんなことはないのに、鳴り続ける電話をほっといて、酒を飲み続けていたんです。そのときにかぎって! どうかしてたとしか言いようがありません。彼はあきらめて電話を切ると、ビルの屋上から身を投げました。私の責任です」

〝もう自分を責めるのはよせ。私も高士も、そんなことは望んじゃいない〟古賀の声は穏やかだった。

〝何度も言うように、過失だったんだ。過失のために君のような人材を失うことはできない。君は何千人、何万人という人を救うことのできる男なんだ〟

「買いかぶりです」山下は酒を一口すすった。

「高士君の命日には酒を一滴も飲むまいと誓ったのに、その誓いを守れたのは最初の二、三年だけで、今じゃもうこのありさまです。意志の弱い、だめな人間なんです。こんなだめなやつが海保にいていいのかと、つくづく自分がいやになります」

〝辞表を出すことは許さないぞ〟古賀は強い、しかし温かみのこもった声で言った。

〝つらくても海保にとどまり、つとめを果たすんだ。君をうとましく思っている者は多いだろうが、私はいつでも君の味方だ。この程度の味方では心許《もと》ないかもしれないが〟

「とんでもありません。誰よりも私を憎んで当然の次長が、私の味方になってくださるなんて、奇跡以上のことです」山下はそう言いながら酒をすすったが、すこしむせてしまった。

〝大丈夫か？〟

「大丈夫です。すみません」

〝酒はいくら飲んでもかまわんが、飲まれるなよ〟

「わかっています」山下は携帯を手に頭を下げながら、今まで何度も思ったことをまた思った。なぜ古賀ほどの人格者が次長どまりで、野崎のような男が長官なのだろう。

山下ひとりの偏見ではない。誰が見ても資質の差ははっきりしている。それをいちばんよく知っているのは、案外、野崎長官本人かもしれない。

古賀との通話を終えた山下は、いちいちバーテンにお代わりを頼むことをせず、手酌でウィスキーを飲みはじめた。

隣にスーツ姿の男がすわった。「そんな飲み方はからだに悪いぞ」

山下は相手の顔を見て目をみはった。「シム・ビョンソ！　ひさしぶりだな」

「丸山教授のことは残念だったな」男は言った。流暢な日本語だ。仕事柄、山下と関わる韓国人は目線のきつい者が多いが、この男の目は非常に穏やかだ。もちろんいざという時には獣のように輝き出すことを、山下は何度も見て知っている。

シム・ビョンソは、韓国の諜報部員としては例外的に気を許せる男だ。もちろん、ある程度はという条件つきだが。

「北朝鮮保衛省の中では最近、ＦＯＸという名が頻繁にとびかうようになっている。要警戒マークつきでな」シムはオンザロックを、とバーテンに注文してから言った。「ＦＯＸというのは、君の調査室のことだろ？」

「部下のやつが勝手に作った呼び名だ。メール尻にＦＯＸとつけているので、いつの間にか広まったようだな。そうか、むこうもＦＯＸを自分たちに対する敵対勢力として認知してくれたわけか」

「ずいぶん呑気だな。むこうには黒百合部隊《フクペクハプ》がいることを忘れたか？　やつらに認知されたというのは、いつ君や君の家族が不審車両にはねられるか、駅のホームから線路に突き落とされるかわからないということなんだぞ」

黒百合の花言葉は「呪い」――。その名の通り、黒百合部隊は敵国に恐怖と災厄をもたらすことを主任務とする北朝鮮の特殊部隊である。

「もちろんわかってる。とっくに臨戦態勢さ。こうして飲んでてもな」

「それならいいんだが」シムは笑ってグラスを傾けた。

シム・ビョンソと初めて会ったのは、七年前だ。

　そのころ警視庁公安部に出向していた山下は、北朝鮮から脱北してきた労働党幹部が韓国諜報部の手で保護されていると聞き、話を聞くためにソウルにいた。そのとき山下に応対したのがシム・ビョンソだったのだ。当時の山下より一歳年上の三十九歳だった。

　初対面で意気投合した山下とシムは、幹部からの聞き取りもそこそこに飲もうということになり、ソウル市内の居酒屋で〈手榴弾〉の飲みくらべをした。

〈手榴弾〉とはビールのジョッキの中にウィスキーをみたした小グラスを投入し、カラカラと振って混ぜてから一気飲みするもので、よほど酒に強い者でも、数杯飲んだだけで前後不覚になる。それを二人は朝まで飲み続けたのだ。山下はその後数日間頭痛のため仕事にならず、シムの方も同様で、上司からこっぴどく叱られたらしい。

　それから山下は何度も職場が変わったが、シム・ビョンソの方は韓国諜報部でキャリアを積んだ。局長をめざす出世コースにも乗れたはずだが、現場が好きなので昇進のチャンスはことごとく棒に振り、日本の警察でいうならいまだに警部補クラスのままだ。結婚して二十年になる妻は、夫の薄給にいつも文句を言っている。

「娘さんは二人だったな」山下はシムに言った。

「上の娘さんは梨花《イファ》女子大にも入れるほどの秀才と聞いたが、学費をどうするつもりなんだ？」

「毎日そのことで妻に責められてるんだ。日本へ来てまで、その話を持ち出されたくないな」シム・ビョンソは顔をしかめた。

「じゃ話題をかえよう」山下は酒を一口すすると、鋭い目付きになって言った。

「十二日前の九月八日、午前七時半ごろ、君はどこにいた?」

「さあ、おぼえてないな」

「島根県Y町の漁港にいなかったか?」

「島根県Y町? さあ……」シムは首をかしげてみせた。親しい仲でも、こういうところは油断がならない。

「おれは日本側の機密資料を北朝鮮に渡そうとしていた漁船をマークしていた。ところがこの漁船は、正体不明の何者かに襲われ、資料は奪われた。犯人は逃走し、いまだに行方不明だ」

「そうか。それは災難だったたな」

「遠目だったが、犯人の一人の顔に、みょうに見覚えがある気がした。おれは走って追ったが、とうとう追いつけなかった」

「君の足の速さは知ってるが、クルーザーを走って追いかけるのは無理だよ」

山下はひと口すすってから、シムを横目で見た。「いつ、クルーザーと言った?」

シムは少しむせてから言った。「港から逃げるんだ。車か船のどっちかしかないだろ」

「君があのクルーザーに乗っていたかどうかは問わない」山下は静かに言った。「ただ、おれとしては資料の中身を知りたいんだ」

シムはお代わりを注文し、ゆっくりと飲んだ。山下はシムの答えを待った。やがてシムは言った。「おれの知り合いが、もしかしたら、その資料とやらを持っているかもしれない。そいつに頼めばコピーを取れるかもしれない」

「ぜひ頼んでくれないか、その知り合いに」

「ただ、そいつにも、アメをなめさせなきゃならない」

「交換条件か。どんなアメが欲しい?」

シムはからだをひねり、山下の目を直視した。「吉田英子、正英の親子が欲しい」

山下は一瞬、心臓が不整脈を打ち出したような感覚に襲われた。動揺を顔に出さないよう苦労しながら言った。「誰だそれは?」

「とぼけなくてもいい。君が七年前から生活費を送り続けている親子だ。浦安の木造二階建てアパートに住んでいる。吉田英子四十二歳、正英は十五歳」

山下は黙ってウィスキーを飲んだ。今度はシムが山下の答えを待つ番だった。山下はつぶやいた。

「知っていたのか。海保にもあげていない、おれ一人の秘密だったが……」

「初めて知ったときは、おれも驚いたよ」シムは大きくうなずいた。

「金正男《キムジョンナム》と日本人女性の間に男子が生まれていたとはな。もし本当なら、キム・ハンソルと同じ白頭山《ペクトウサン》血統の持ち主ということになる」

2

キム・ハンソルは一九九五年、金正男の二人目の妻との間に生まれた息子で、金正恩が三代目指導者として着任した直後の二〇一二年、初めてメディアの取材に応じた。パリ政治学院に入学する直前で、海外在住だった。

そのころはまだ父親の金正男も健在で、父親によく似た顔立ちの十七歳の若者のコメントのほとんどは「北朝鮮の福祉の向上、人権改善、世界の平和のために働きたい」などという当たり障りのないものばかりだったが、前年最高指導者になったばかりの、血縁上は叔父にあたる金正恩《キムジョンウン》について、ポロッという感じで「なぜあんな独裁者が」と発言したことが、世界中に波紋を呼ぶことになった。

「金正男は、生前多数の愛人とつきあっていた。吉田英子はその一人だ」シムは話しつづけた。

「銀座のクラブでホステスをしていた頃に正男から猛烈なアプローチを受け、関係を持った。妊娠すると正男の代理人が手切れ金を支払い、二人の仲は終わった。

このことは日本の公安も、北朝鮮保衛省も知らない。ただ君は何らかのルートでこのことを知り、個人的に保護しようと考えた。いつか何かに使えるだろうと思って」

「別に下心があったわけじゃない。あの母子があまりに貧しかったので、助けてやりたいと思ったんだ」山下は言った。

「君を責めているわけじゃない。むしろお礼を言いたいくらいだ」シムは言った。

「ただ、我々としてもこのことを知った以上、放ってはおけない。なにしろ世界で四人しかいない、白頭山血統の持ち主なんだから」

「そんなに欲しいなら、おれの了解なんか得ずに、さっさと連行したらどうなんだ？」

「そうもいかん。君が親子のことを誰にも知らせていないのと同様、これは韓国大統領府に知らせていない、われわれ独自の作戦なんだ。あくまで穏やかに合法的に進めたい。

最近の韓国政府は、大統領がかわるたびに外交方針がコロコロ変わる。せっかく母子を確保しても、大統領によって保護しろとなったり、面倒だからアメリカに渡してしまえとなったり、腰が定まらないのではこっちが困る。だから母子は政府とは別個に我々だけで保護する」

「いざという時の切り札として、か?」

「まあ、かなり先の話だろうが……。いずれにしろ、これはおれにとって信頼できるごく数人の間でだけの、きわめて個人的な作戦だ。だからこうして君に頼むんだ。君から母子に事情を話して、了解をとってほしい。その上でおれが——」

「かりに親子が韓国へ行った場合、生活はどうなる?」

「上流階級とはいかないが、公務員程度の生活水準は保証する」

「それはいい。風が吹くたびに揺れるようなアパートじゃ、あの母子も気の毒だからな。なんとかしてやらなきゃと、ずっと思い続けていたんだ」


北朝鮮は、封建主義を否定するはずの社会主義国としては例外的に、最高指導者が三代にわたって世襲となり続けている国である。

そして新たな後継者が生まれ出ようとするたびに、水面下では肉親同士での激しい権力闘争がくりひろげられ、場合によっては粛清、暗殺までがおこなわれてきた。

初代指導者の金日成《キムイルソン》は、六十歳を過ぎたころから自身の健康に不安を感じはじめ、息子の金正日《キムジョンイル》を後継者にしようと画策しはじめた。

一九七四年に後継者として内定した金正日は、父親が一九九四年に死去するまでの二十年の間に、二代目となるべきみずからの権力基盤をかためた。じゃまな異母弟は外国へ左遷し、取り巻き集団に対しては容赦なく社会的生命を奪った。

その金正日も二〇〇八年ごろから健康不安をかかえはじめ、息子を後継者にしようと考えはじめた。

金正日には正妻との間に二人の息子（正哲《ジョンチョル》・正恩）、愛人との間に一人の息子（正男）がいた。当初、後継者の第一候補とみなされていたのは、最年長の正男だった。

しかしその正男は、二〇〇一年、偽造パスポートで日本に入国し、ディズニーランドに行こうとしたところを警視庁に拘束されるという醜態をさらした。

一説には、このことが金正日の逆鱗《げきりん》にふれ、正男は後継者候補からはずされたといわれているが、実際にはこれより以前に、金正日は正男ではなく正哲を後継者の本命として考えていたと思われる。

ところが二〇〇八年になって金正日が実際に後継者として指名したのは、それまでほとんど注目されることのなかった、当時二十四歳の正恩だった。いかなる経緯があったかは不明だが、二代目指導者が公式に指名をした以上、これで三代目は確定した。あとはこれに反対しそうな「雑草」を摘みとるだけだ。

二〇一一年に金正日が死去し、同年末、二十七歳で軍最高司令官に就任した金正恩は、それまでの人事を一新した。「雑草摘み」の徹底ぶりは、父親を上回るほどだった。

中でも人々を驚かせたのは、国防委員会副委員長にして自分自身の叔父でもある張成《チャンソン》沢《テク》を国家反逆罪で銃殺刑にしたことであり、さらに、かなり後の話ではあるが、異母兄である金正男まで暗殺したことだった。

正男は二〇一七年二月、マレーシアのクアラルンプール国際空港で、コリンエステラーゼ阻害作用を持つVXガスを塗った布を顔におしつけられて暗殺された。

とっくの昔に後継者争いから脱落し、政治的に何の影響力ももっていないはずの正男を暗殺したのは、脱北者団体が正男をかつぎあげて金正恩体制を打倒する政権を作り上げようとするのを阻止したかったからだと言われているが、白頭山血統の持ち主を一人でも減らしておきたいというのが、金正恩の本音だったのではないか。

白頭山血統とは金日成直系の血統であり、北朝鮮の指導者となるための最重要条件とされている。金正男が故人となったいま、この血統の持ち主は金正恩のほかには三人しかおらず、そのうち若者といえるのは金正哲とキム・ハンソルの二人だけだ。

金正哲は朝鮮労働党の高官として働いているといわれ、金正恩に生殺与奪を握られている。

キム・ハンソルは正恩の掌中にはなく、二〇一七年に父親が暗殺されて以降は、北朝鮮の追及を避けるため、居住地は伏せられている。二〇二一年で二十七歳になる。米ＣＩＡの保護下にあるとも言われている。

二〇一七年十月には、キム・ハンソルの暗殺を計画していたとされる北朝鮮工作員が中国で逮捕された。北朝鮮はあきらかに、キム・ハンソルを現体制打倒を企図する危険人物とみなしているのだ。ただ、キム・ハンソル本人が、それをどれほど本気で考えているかはわからない。

この人物は発言そのものが少ない上になかなか本心を吐露しようとしないので、推測するしかないのだが、本人にはそういう気はそれほどなく、騒いでいるのは、彼を（というより、彼のもつ白頭山血統というブランドを）神輿《みこし》に乗せて押し出そうとしている取り巻きの人々だけなのかもしれない。

シム・ビョンソからの提案について思案しながら、山下は浦安にあるアパートへ向かった。

表通りからはずれた、街灯もあまりない一角だった。午後十一時近いので、人通りもない。

木造モルタル建てアパートの二階へ向かう外階段を上がっている途中、部屋の中で誰かが激しく言い争う声が聞こえてきた。瀬戸物かガラス器のこわれる音がし、窓ガラスを破って何かがとびだしてきた。包丁の研ぎ器だった。

山下は研ぎ器を拾うと、今まさに争いのおきている部屋のドアをノックした。吉田英子、正英と表札が出ている。「吉田さん、山下です。どうしました?」

「山下さん!」四十歳代の、部屋着らしい赤いジャージを着た女が、救われたという顔で飛び出してきた。興奮のため顔面が紅潮し、まとめていた髪がばらりと垂れ落ちている。

「また正英が、あたしのお金を盗ったんです」

山下が中に入ると、台所の床には食器類が散乱し、ケンカのあとが歴然だった。しかし、今しがたまで英子と争っていたはずの人影はない。

台所を通って居間に入ると、青白い顔の少年がソファにすわって下を向き、一心にスマホを操作していた。ネットゲームらしい。

英子の息子、正英だ。白のタートルネックのセーターを着ている。父親の金正男よりはむしろ母親似で、顔つきも体つきもほっそりとしている。

「何とかというゲームらしいんですけど」英子が山下の背後から言った。「課金しないとゲームからしめだされるんだそうで」

「正英くん、お母さんに心配をかけちゃだめじゃないか」山下はやんわりと注意した。「もう夜中なんだよ」

しかし正英は何も聞こえていないかのように、ゲームに熱中している。

「最近は学校へも行かず、ゲームばかりなんです」英子は、山下に会うといつもそうするように、ぶつぶつと愚痴を言った。「まったく、わたし何のために働いてるんだか」

「これ、今月の分です」山下は英子に封筒をわたした。

「いつもすみません」英子は卑屈ともみえる笑みをうかべ、封筒をおしいただいた。「パートの収入なんて知れてるんで、山下さんの助けがなかったら」

「……ないな」と声がした。

山下は正英の方を見た。正英は下をむいたままゲームを続けている。

「正英くん、何か言ったかい？」山下はたずねた。

「たりないな、と言ったんだよ」正英は指を忙しく動かしながら言った。

「あんた、いずれ僕のことを何かの目的のために利用するつもりなんでしょ。だったらもっとたくさんお金くれたっていいじゃない」

「何だって?」

「僕はプリンスなんでしょ、それなのにこんなぼろアパートで、母親と二人暮らしで」

「君は――」山下は正英に歩み寄ろうとして立ち止まり、英子に向きなおった。

「あなた、あのことを正英くんに言ったんですか。彼が二十歳になるまでは秘密にしておいてくださいと、あれほど言ったのに!」

「すみません」英子は肩をちぢめた。

「あたしにもわからないんです。どうして知ったのか」

「どうしても何も、母さんが自分で話したんじゃないか」正英はゲームをしながら言った。

「暇さえあれば、あなたこそ本当のプリンスなのよ、キム・ハンソルなんか問題じゃないのよって」

「本当ですか」山下は英子をにらみつけた。

「だって」英子はわずかに反抗的な表情になり、上目づかいに山下を見た。

「真実をなぜ言っちゃいけないんですか。あんな子ばかりが世界中からちやほやされて、正英はこんな日陰の身で……」

「いいですか」山下は大声を上げたいのをこらえながら言った。

「何度も同じことを言うようですが、キム・ハンソルは命を狙われているんですよ。自分の居住地を明かすことも許されないまま、どこの国の政府かはわかりませんが、その保護下で暮らしているんです。あなたがたが安全でいられるのは、無名で、貧しく、つつましい生活をしているからです。これが身を守るための一番の方法なんです」

「でも——」

「もちろん、いつまでもあなたがた親子をこのままにしておくつもりはありません。いずれ正英君が、その出自にふさわしい扱いを受けられるようにします。

そのときまでこのことは、他人には絶対口外しないでください。ＳＮＳなどで発信すれば、その瞬間からあなたがたの命は危機にさらされることになります。私がこうして口をすっぱくして注意するのは、誰のためでもありません、あなたがたのためなんです。わかりましたか？」

「はい……」英子は不服そうな色を残しながらもうなずいた。

「正英くんもわかったね？」

「じょんよん」正英は言った。

「えっ？」

「僕の名前、韓国語読みだとジョンヨンなんだよね」正英は初めてスマホから顔をあげ、山下に笑いかけた。

「お父さんは金正男だから金正英——キム・ジョンヨン」

山下は、これ以上この親子を日本にとどめておくのは危険だと思った。自分が特権的な存在だと知った者は誰でも、そのことをみずから言い触らさずにはいられなくなる——。


九月二十二日の午後、浦安のアパートでシム・ビョンソは吉田親子と初めて対面した。傍らには山下が控えている。

「あなたがたを我が国にお迎えし、生活全般の面倒を見させていただきたいのです」シム・ビョンソは熱心に言った。

「このまま日本にとどまると、さまざまな危険が予想されます。北朝鮮もいずれはあなたがたの存在に気づくかもしれません。というより、お母さんの方でアピールしているんですよね、SNS上で息子さんのことを。山下からあれほど止められているにもかかわらず」

「だって……」母親の英子はまたしても、不満たらたらの表情で言った。

「なぜみんなキム・ハンソルばかりちやほやして、正英に注目してくれないんですか。同じ血統の持ち主なのに」

「正英君が脚光を浴びる時が必ず来ます。ただその時までは、我々の指示に従っていただきたいのです」シムは辛抱強く言った。「正英くんは高校に行けるし、希望すれば大学にも行けます。もちろん学費は全額われわれが負担します」

シム・ビョンソが話す間、正英はネットゲームに熱中している。

英子は不安そうに山下を見た。「山下さん、この人はこう言ってるけど、大丈夫なの？」

「このシム・ビョンソは信頼できます」山下は英子にうなずきかけた。「私が保証します」

「まあ、そういうことなら」英子は一応納得した表情になった。正英の方を見て言った。

「あなた、それでいい？」

「…………」

「ねえ、どうなの？」

「ひとつだけいいですか」正英は手を止め、顔を上げてシムを見た。

「いいよ、何でも言ってくれ」シム・ビョンソは言った。

「韓国に行く前に、一度ディズニーランドへ連れてってくれない？　行ったことがないので」

「ああ、いいよ」シム・ビョンソは笑って言い、山下を見て続けた。「この山下が連れてってくれる。いいよな山下?」

「えっ、おれがか?」山下は思わず声をあげた。

「遊園地というのは苦手なんだが、仕方がない。金正男の落とし胤《だね》を、ディズニーランドへご案内することと相成った」山下は苦笑してワインをすすった。

「男の子とオジさん二人でディズニーランドなんて、ビジュアル的にはなんともいえないわね」ファン・ユンジュも笑ってワインをあけた。

二人がいるのはいつもの赤坂のフレンチレストランだった。情報交換抜きで、純粋に会食をするのは初めてだ。会話の内容も、仕事とは関係のない雑談ばかりだった。

山下はユンジュに伝えたいと思っていることを一言も口に出せず、まったく見当はずれのことをえんえんと話し続けている。好きだと一言いえばすむのに、趣味のプラモデルのことを話し続けて相手の女の子を辟易させる高校生と変わりがなかった。こんな純情なところがまだ自分の中に残っていたことに山下は驚いた。

ただ救いは、ユンジュの方は山下の気持ちを十分にくみとってくれているらしいことだった。山下が無意味なことを一方的にぺらぺら話すのを、ユンジュはにこにこしながら聞いている。

――君は僕にとって単なる協力者なんかじゃない。心から愛することのできる、ただひとりの女性だ。このことに、ごく最近になって気づいたんだ。

――ありがとう、うれしいわ。ただ、そんなに唾を飛ばさないでくれる？

食事を終え、二人は外へ出た。

道端に、汚れた服装の中年男があぐらをかいていた。「格差政治の犠牲者です」という札を首から下げ、顔が地面につきそうなほどうなだれている。その前には段ボールの小箱が置かれているが、小銭がいくつか入っているだけだ。人通りは多いが、みな中年男には目もくれず、足早に通り過ぎていく。

ユンジュが男の前にしゃがみ、手をとって五千円札を握らせた。男がもごもごと何か言い、ユンジュはカゼひかないでね、と言って立ちあがった。

「なぜあんなことを？」ユンジュと並んで歩きだしながら山下は言った。

「一日一善」ユンジュは笑って言った。「善行を積めば、母に会える日がそれだけ近くなるように思うの」

山下は急に胸からつきあげてくるような衝動にかられ、ユンジュを物陰にひっぱりこんだ。ビルとビルの間の、路地ともいえない、ゴミがたくさん捨てられている隙間だった。

山下はユンジュを抱きしめ、唇をあわせた。ユンジュもそれにこたえた。

3

九月二十八日、午前九時三十分。山下は吉田正英を車に乗せ、ディズニーランドへむけて走っていた。

母親の英子は渡航の用意をするため自宅に残っている。十月二十二日にソウルへむけて出発することで親子はシム・ビョンソと合意した。

「今日は夕方から小雨の予報だ。君は運がいいよ」山下は運転しながら、バックミラーの中の正英の顔を見て言った。

「夜間パレード『エレクトリカルパレード・ドリームライツ』が中止になるかわりに、雨の日限定の『ナイトフォール・グロウ』が見られる。フロートの台数もキャラクターの数も少ないけど、なかなか見られないレア・アトラクションだから」

正英は聞いているのかいないのか、後部座席でゲームに熱中している。あれほどディズニーランドに連れていけ連れていけと言っていたくせに、なんだその態度はと山下は思った。

「定番だけど、『カリブの海賊』から行こうか」それでも山下は言った。

「それとも天気のいいうちに、滝つぼ落ちの『スプラッシュ・マウンテン』にする？」

ＪＲ新浦安駅を通過し、京葉線を左手に見ながら走りだしたところで、ダッシュボードに搭載されている無線の呼び出し音がした。〝山下さんですか。石竹です〟

「もうすぐディズニーランドに着くが」山下はハンドルを操作しながら応答した。

〝そのディズニーランドですがね、さっき告知が出まして、今日は休園と決まりました〟

「えっ？」

〝園内に爆弾をしかけたという電話があったそうです。安全確認がとれるまでは――〟

「ちょっと待て」山下はあわててウィンカーを出し、車を路肩に停めた。「困るじゃないか。せっかくチケットをとったのに」

〝そんなこと、僕に言われても〟

山下は呆然として、バックミラーを見た。正英はあいかわらずゲームをしている。

気をとり直して車を再び発進させながら、山下は心の中に何かが引っかかるのを感じていた。爆弾電話、休園。こんなことが前にもあったような気がする。いつ、どこでだったろう？

一時間後、二人はディズニーランドの近くにあるホテルのロビーにいた。ディズニーランドと提携しているホテルのひとつで、急な臨時休園で行き場を失った人たちに一休みしてもらうため、駐車場の料金を無料にする措置をとっていた。

ロビーは混雑していた。家族連れが多く、小さな子供の泣き声があちこちでしている。ソファにすわることができず、立ったまま子供を抱いてあやしている母親もいる。みな一様に、失望と不満にみちた表情をしている。

山下は加藤と電話で話していた。「爆弾はみつかったか?」

〝まだのようです〟加藤は答えた。〝どうせまた、いたずらでしょうけど〟

「…………」

〝どうかしましたか?〟

「ちょっとひっかかるんだ。爆弾電話は単なるいたずらなのか、それとも……」

〝それとも、何です?〟

「うまく言えん。さっきから、何かを思い出そうとして思い出せずにいるんだ。おれもいよいよ齢《とし》だな」

〝気弱なこと言わないでください。齢といえば——〟加藤の声が小さくなった。〝野崎長官、精密検査のために病院に入りましたよ〟

「本当か！」

〝事前検査の段階で最高血圧二百八十、肝酵素三百五十。いつバッタリ逝ってもおかしくない数値です〟

「最近はルナ通いが週二日から三日に増えてたからな。野崎さんが逝ってくれれば、次の長官は古賀さんだ。海保に春が来るぞ」

〝そんなうれしそうな声で言っちゃだめスよ〟加藤は笑いまじりに言った。

いいニュースを聞いたので、気分がよくなった。山下は笑みをうかべながら携帯を切り、正英のところへ戻った。

正英はめずらしくゲームを中断し、ロビーに備え付けの大型テレビの画面をじっと見ている。北朝鮮のミサイル発射実験成功のニュースの続報だった。

画面には、朝鮮中央通信の発表した映像が出ている。数基のミサイルが轟音とともに炎をひいて上昇していくのを、金正恩総書記が見守っている映像だ。金正恩は椅子に腰掛け、こちらに背をむけている。

そのうしろ姿を、正英は見つめているのだ。射るような視線で。その手がかすかに震えているのを、山下は見てとっていた。

本来なら、あそこにすわっているのは金正恩ではなく、自分の父親の金正男であるはずだ――。そう思っているのだろうか。

ロビーの混雑がひどくなってきたため、山下たちは中庭に移動した。二十五メートルのプールがあり、プールサイドにはデッキチェアがならんでいる。

正英は上着を脱ぎ、デッキチェアに横になったまま、ゲームに熱中している。

どこへも行きたくない、ここでいいという表情だ。

ディズニーランドへ行くはずがとんだことになってしまったが、まあ、本人がそれでいいならそれでいいかと山下は思った。ここで午後を過ごし、正英を自宅まで送り届ければ、今回の仕事は終わりだ。

ディズニーランドはまた別の機会に――と思ったとき、山下は首筋をちくりと針で刺されたように感じた。

視線だ。誰かがこっちを見ている。

山下は極力さりげなく、ああ退屈だなという感じで足をステップさせ、周囲を見回した。観光客や家族連れがぞろぞろ動いている、その向こう、二十メートルほど先に視線の主はいた。ホテルのロゴの入った制服を身につけ、モップを手にした男性の清掃員だ。射るような目でこちらをにらみつけている。

その強い視線を見たとき、山下は瞬間的に思い出していた。

爆弾電話、休園、針を刺すような視線！

いつだったか、シム・ビョンソから聞かされた話だ。「サッカーの国際試合を観戦するＶＩＰを護衛した時のことだ。開始直前、スタジアムに爆弾を仕掛けたという電話がかかって来た。ＶＩＰを地下駐車場へ誘導しようと専用通路へ入ろうとした瞬間、針で刺すような鋭い視線を感じた。スタジアムの職員に化けた暗殺者だった。ＶＩＰはその通路を使うことを知ってたんだ。何とか事なきを得たが、殺し屋の視線というのは、突き刺さって来るものなんだと思い知ったよ」

山下は思った。あの清掃員こそ、今回の爆弾電話の犯人ではないのか？

犯人は、どうして知ったのかはわからないが、今日正英がここへ来ることを知っていたのだ。

ディズニーランドが休園となれば、あてがはずれた客たちは近くのホテルのロビーへ移動する。その中には当然正英もいる。そこで待ちうけているのはボーイや清掃員に化けた暗殺者だ。

北朝鮮にとって暗殺は普通のことだ。ただそれが、必要に迫られてのものではないというのが、他の国とは一線を画する点だ。

北朝鮮政府は暗殺する必要のない金正男を暗殺した。意味のない暗殺をなぜ？　そうではないのだ。意味のない暗殺だからこそ、しなければならなかったのだ。

どの先進国にとっても常識である人権尊重、国際法遵守などのルールが北朝鮮には通用しない。逆に、時代遅れとしか思えない血統重視の思想が最大限に重んじられている。理解不可能な国が北朝鮮であり、より正確に言えば、北朝鮮自身が、この国は理解不可能な国であると世界に印象づけようとしているのだ。それが北朝鮮の外交にとって有利なことだからだ。

山下はさりげなく周囲を見回した。工作員が単独であるはずはない。正英がここにいることを確認した以上、すでに仲間に連絡をとったはずだ。あと数分で、この場所は工作員たちに包囲される。

武器は何か？　考えたくはないが、もし拳銃だったとしたら――。

山下はポケットの中の特殊警棒を握りしめた。きのう水沼から渡されたものだ。

警察官の持つものと同様、金属製の伸縮式だが、水沼の改造によりスタンガン機能も兼ねている。これを首筋に当てられただけで、プロレスラーでも神経が麻痺して動けなくなる。接近戦にもちこめれば役に立つだろう。

山下は、プールサイドに立っている警備員に強い目線を送った。

不審者がいる。警察を呼べ――。

警備員はすぐに山下の意図を理解し、無線機を口元に当てた。それを確認した山下が正英に声をかけようとした、そのときだった。

ロビーから大勢の中国人観光客が、なだれを打つという感じで中庭に殺到してきたのだ。

「プールがあるぞ」

「泳ごう泳ごう！」

山下たちと清掃員の間を、観光客たちが激流となって通過していく。チャンスだと山下は思った。これにまぎれてプールサイドを回り、屋内へ駆け込むのだ。

山下は正英を立たせようとした。だが正英は、肝心要のこのときに、いやだよというように首を振り、デッキチェアから立とうとしないのだった。

「立つんだよ。立って！」山下は正英を力ずくで立たせようと必死になりながら、内心舌打ちしていた。観光客をかきわけるようにして、清掃員がこちらに近づいてくる！

やむをえない。山下は正英から離れ、清掃員の正面に立った。いつでも出せるように、ポケットの中で特殊警棒を握っている。「そこで止まって。私は海上保安庁の者です」

清掃員は立ち止まり、山下にむかって眉をひそめた。目に不審の色が浮かんでいる。

このとき山下は正英に背をむけていたが、もしそうでなかったら、彼の顔がみるみる晴れやかになり、目が輝き出すのを見たことだろう。

そして山下は初めて、正英が明るい声で言葉を発するのを聞いたのだ。なつかしさにみちた声だった。

「兄さん！」

そうだったのか。山下は、警備員に先導されて駆けつけてきた数人の警官を、手で合図して止めた。

ひさしぶりの、兄弟の対面なのだ。

4

そう、正英には兄がいる。父親の違う兄が。名は門田修一。

修一の父親・門田和正は浦安市内でトラックの運転手をしていた。

二十五歳のとき、三歳年上の松村英子と内縁関係になり、修一が生まれた。

その後和正の仕事が不振になったため、英子は友人の紹介で、銀座のクラブへつとめることになった。

そろそろ三十になろうとしていたが、美人のうえ人当たりがよいので、多くの得意客がついた。その中に外国人が多いことを知るとさっそく英語を勉強しはじめ、二カ月もたたないうちに、時事や芸能ネタを英語で冗談にして外国人から笑いを取れるほどになった。勉強熱心だったのだ。当時、ラジカセにヘッドホンをつないで英会話を勉強している母親の姿を、幼い修一はよく見ていた。

英語のうまいホステスがいると評判になり、多くの外国人が彼女を目当てに来店するようになった。その中に、太って髭をはやした韓国人（と本人は言っていた）男性がいた。男は貿易の仕事をしていると言い、英語がうまく、日本語もかなりの程度話せた。商談のためにときどき日本へ来るのだと言った。金回りがよく、チップだと言って百万円入りの封筒をぽんと渡したりした。

女性は誰でもそうだが、金回りのいい男に弱い。三カ月ほどたった時、英子はその男にからだを許した。逢瀬は数回におよび、英子は妊娠した。

そのことを男に告げると、男は言った。明日、帝国ホテルの××号室へ行ってくれ。自分の代理の者が待っているから、その人から話を聞いてほしい。

そういうことかと英子は思った。

金を渡すから、子供は堕ろしてくれ――。自分では言いにくいから、代理人に言わせるつもりなのだろう。

英子としては、十分な額をもらえるなら文句はなかった。堕胎などできればしたくはないが、それ以外に方法がないならやむをえない。いまの夫と知り合う前だが、もっとずっとひどい条件で堕胎をした経験だってあるのだし。
ところが当日、約束の場所に行った彼女が聞かされたのは、まったく思いもかけないことだった。
代理人と名乗る初老の男性は、流暢な日本語で彼女に言ったのだ。

あなたのおなかにいる子供の父親は、朝鮮民主主義人民共和国の偉大なる指導者、金正日総書記の第一子、金正男氏です。今回のことを心から喜んでいます。ただ、諸々の事情から、われわれはその子を認知することも、ひきとって育てることもできません。どうかその子を、あなたの子として育てていただけないでしょうか。もちろんそのための費用は提供します。

英子は当惑して言った。「あの、どういうことなのか――」

代理人はかまわず続けた。「あなたの口座に、当座のお金として五百万円、以後毎月百万円をふりこみます。このことは誰にも絶対に秘密にしてください」

翌日、代理人の言った通りの額が口座にふりこまれていた。これこそは彼女にとってなによりも意味のある約束手形だった。

彼女は思った。あの話は本当なんだ。本当と信じて何が悪い？　言われたとおりにすれば、こうしてお金が入ってくるのだ。あとは日常生活をとどこおりなく維持するための嘘を自分でこしらえればよい。

英子は夫の和正に、妊娠したことを告げた。自分の子だと信じて疑わない和正は、涙を流して喜んだ。

やがて英子は男の子を産んだ。修一より五歳年下の弟である。英子は正英と名付けた。

「おれの正と、おまえの英をとったんだな！」和正は大喜びだったが、男の子だったらこの名にしてくれと、例の代理人から頼まれていたのだ。

金正男と同じ正の字が、夫の名の和正にもふくまれていたのは、きわめて好都合な偶然だった。正英がマサヒデではなく本当はジョンヨンであることなど、和正には想像すらできないだろう。

修一は父親似だが、正英は、これまた幸いなことに、母親にきわめて似た顔立ちだった。

外見だけではなく性格も女の子のようで、外で遊ぶより家の中でぬいぐるみと戯れる方が好きだった。不在がちの母親にかわって、修一は赤ん坊の弟をおんぶしてお守りした。

英子が賢明だったのは、大金が入ったからといって、すぐ生活を贅沢にしたりせず、貯金にまわしたことである。ただこれが後になって仇になるのだが。

正英は小学校に上がったが、母親の職業のため、からかわれて泣かされることが多かった。そんなとき兄の修一は、飛んでいっていじめっ子どもを殴りつけた。

いかにも腕白という感じの兄と、女の子のように頼りない弟は、普通の兄弟以上に仲がよかった。しかし平和な日々は長く続かなかった。

英子が和正と離別し、修一は父親と、正英は母親と暮らすことになったのだ。英子が大金を貯めていることを和正が知り、勝手に使ったことが原因だった。

やがて金正男が後継者レースから脱落すると英子への送金も途絶えてしまい、英子は年齢的にもはやホステス勤めもならず、パートの仕事をしながら木造アパートに引っ越し、正英と暮らすようになった。生活レベルはがた落ちした。収入はきわめて心細く、アパートの家賃まで滞納する始末だった。母子で夜逃げしようかと真剣に考えているとき、山下正明という男がたずねてきた——。

「僕の方の七年は、こんな感じだった。兄さんの方はどうだったの？」正英はたずねた。

「おれの方か」修一はすこし顔をこわばらせてから、笑って言った。

「まあぼちぼちだよ。母さんがいなくなったんで金がなくなって、親父が働こうとしたんだが、親父は長いこと働いてなかったんですっかり腕がなまっちまってて、どこにも働き口がなかった。おれ、高校をやめて働いたよ。大学へ行きたかったんだけどな……。親父は病気になっちまって、三年前に死んだ。で、おれは今はこんなところで働いてるわけさ」

「大変だったね」

「まあ、おまえはおまえ、おれはおれの人生だしな。おまえに会えて嬉しいよ。プールサイドにおまえがすわっているのを見たときは、本当に驚いたよ。実はおれ、今日非番で、カゼをひいた仲間の代わりで出てきたんだ。巡り合わせってあるものなんだな」

正英は少し間をおいてから言った。

「巡り合わせと言えば、おまえも大変だよな。途方もないものを背負っちまったりして」

「兄さん、僕のこと知ってたの？」正英は驚いて言った。

「お袋が離婚する前、おまえを抱いてブツブツ言ってるのを、よく聞いたんだ。おまえはプリンスだ。金正男の息子だってな——。心配するな、誰にも言ってやしないから」

「いつか僕は、自分の正体を明かして、世界にデビューするよ。そうしたら兄さんは、自分はキム・ジョンヨンの兄だとかって自慢すればいい」

「おれはおまえには、何事もなく元気でいてほしいだけなんだけどな」修一は心配そうに言ったが、正英はかまわず話し続けた。

自分が本格的にデビューしたらキム・ハンソルなど目ではない。この手で世界を変えてみせる……。


山下は二人の話を少し離れたところで聞きながら、ほっとしていた。

あの視線——修一が正英にむけていた強い視線は、ひさしぶりに弟に会えた兄の、なつかしさにみちた視線だったのだ。

兄弟の短い出会いは終わった。この先、二度と会えるかどうか——。

不意に山下は、いやな空気を感じて周囲を見回した。

中国人観光客の何人かが、スマホで兄弟を撮影しているではないか！　しまったと山下は思った。客と清掃員が親しく話す光景が面白いのだろうが、この画像が中国政府のＡＩにかけられて、兄弟の素性がばれたらえらいことだ。

山下は警備員に合図しようとした。この場にいる者全員のスマホを没収しろ。万一のことがあってはまずい――。

そのとき山下の携帯が鳴った。

〝ごめんなさい！〟ユンジュの泣き声まじりの声だった。

「どうした？」

〝母に電話したの。あなたから教えられた番号に〟

「何だって。なぜ電話した！」山下は叫んだ。中国人たちのことは頭からふっとんでいる。「あの番号は二十四時間盗聴されてるんだぞ。おれがいいと言うまでは電話するなとあれほど――」

〝がまんできなかったの。母の声をどうしても聞きたくて。でもすぐに雑音が入って――〟

ここで電話の相手がかわった。朝鮮語だ。〝山下、おまえはわが偉大な祖国の国民をスパイとして利用した。人類に対する重大な罪を犯した極悪人だ〟

山下も朝鮮語で答えた。「ユンジュにかわれ！」

〝夫のパク・ヒョンギはすでに処刑した。妻の監視を怠った罪だ。おまえは二度とユンジュに会うことはできない。声を聞くこともない〟

五章　ヤード

1

九月二十九日、午前七時。山下は、吉祥寺にあるパク・ヒョンギの自宅にいた。

パクとその妻ファン・ユンジュの姿はなく、室内はめちゃめちゃに荒らされ、サッシ窓にひびが入っている。土足の靴跡があちこちについている。

手袋をつけた何人もの警官が忙しく歩き回り、遺留物を採取している。壁際に立ったまま、じっと動かないのは山下一人だけだった。

窓の外は明るい。学校へむかう子供たちの声が聞こえてくる。

電話から十二時間以上が経過したが、夫婦の行方はまだわからない。

夫妻が連れ去られたのは昨日の正午ごろと思われ、付近の住人が、悲鳴や争う物音を聞いている。通行人が猛スピードで走り去る車を目撃しており、車種とナンバーの下二桁がわかっている。

警視庁はNシステム（自動車ナンバー自動読取装置）を使って不審車両を捜し続けている。

Nシステムは全国の道路上に設置されており、付近を通過した車のナンバーを瞬時に読み取り、手配中のナンバーと照合する。該当するナンバー、またはそれに近いナンバーを検知すると、車種、所有者、メーカーが即座に判明する。しかし、まだ該当車両の報告はない――。

山下は調査室の加藤に電話した。「本庁から連絡はあったか？」

〝まだありません〟加藤の声は申し訳なさそうだった。

〝Nシステムは万能ってわけじゃありません。すりぬける方法はいくらもあるんです。ナンバープレートに近赤外線吸収フィルムを貼るとか、似たような背景色を塗るとか――〟

「そんなことはわかってる！」山下はどなって電話を切った。

Nシステムも警察の捜査も万能でないことはわかっている。それでも今は、警察がユンジュを見つけてくれることを信じて待つしかないのだ。山下は無意識のうちに貧乏ゆすりをしていた。

山下の懊悩《おうのう》ぶりを見かねたのか、一人の刑事がちかづいてきて言った。「ずっと寝てないんだろう。すこし休んだらどうだ？」

山下はそれには答えず、家を出ると車に乗りこみ、発進させた。

ここにいても仕方がないのはわかっている。といって、どこに行けばいいのかわからない。

うろうろ走ったすえ、気がつくと、車は赤坂二丁目交番前交差点の近くに停まっていた。ユンジュと会うのにいつも使っていた店の前だ。まだ早朝なのでシャッターがしまっている。ここにいたところで、やはりどうしようもないのだが。山下は運転席にすわったまま、じっと店を見つめていた。

勤め先へ向かうスーツ姿の男女が、足早に行き交っている。それを見ながら山下は、ぼんやりと思った。

ユンジュが拉致されてから九時間がすぎた。まだ生きているだろうか。

山下と何回会ったか、どれだけの情報を渡したか、必要なことを聞き出すのに、それほど時間はかからないはずだ。聞くだけのことを聞いたら、あとは殺すだけだ。殺す前に犯すかもしれない。

山下は下をむき、髪の中に両手をつっこんだ。手が震えているのがわかった。山下にとって、自分がこれほど動揺しているのは正直意外だった。冷静こそが自分の身上だったはずなのに。

ユンジュを協力者として選んだ瞬間から、こうなる危険は常にあったのだ。なぜ行動を控えさせなかったのだろう。夫の引き出しの中をあまり頻繁にかきまわすなと、なぜ一度も言わなかったのだろう？

山下にとって後悔とは、もっとも唾棄すべきことだった。後悔からは何も生まれない。後悔とは愚か者のすることだ。後悔せずにすむように筋書きを作る、その筋書きにそって行動する、これが鉄則のはずだった。その山下が、いまどうしようもないほどの後悔の中でもだえ苦しんでいる。火あぶりにされる方がはるかに楽だと山下は思った。

ユンジュが単なる協力者ではない、自分にとって特別な存在だったことを、あらためて思い知らされていた。

どう特別だったのか、特別だったとしてどうするつもりだったのか、そんなことはどうでもいい。その特別な存在であるユンジュが、工作員の手に落ちてしまった。どんなことがあっても、こいつらの手にだけは落ちてはならなかったのに！

そうなった元凶は自分だ。すべておれのせいだ。おれがユンジュを死地においやった。おれが殺したのだ。そうすることでユンジュを生き返らせることができるなら、おれは即座に自分の首を切り落とすだろう。だが——。

山下は心の中で手をあわせた。すまんユンジュ、君をお母さんに会わせるという約束を果たすことができなかった。あやまってすむことじゃないかもしれないが。

携帯が鳴った。非通知の表示を見て、山下の鼓動が高鳴った。

工作員からか。ユンジュの処刑が完了したことを報告しようというのか。それとも——。

山下は緊張しながら携帯を耳元に当てた。耳にとびこんできたのは女性の声だった。かなりなまりがある。〝やました・さん？〟

「朝鮮語でいい」山下は反射的に言った。「誰だ？」

〝ファン・ユンジュの友だちです〟女の声が朝鮮語にかわった。〝ユンジュの居場所を知っています〟

「どこだ！」山下は叫んだ。

〝千葉市××にあるヤードです〟

ヤードとは周囲を高い鉄壁に囲まれた屋外施設で、海外への輸出を目的とした自動車の解体や、コンテナ詰めの作業がおこなわれている。

その内部を外から見てとることはまったくできないため、そこが、内外の犯罪組織による盗難自動車の解体・不正輸出、不法滞在外国人の稼働・蝟集《いしゅう》、薬物の使用・隠匿など、不正行為の温床になっているケースも多い。こうしたヤードは千葉県内に特に多く、五百カ所を数える。

女は続けた。これは処刑を専門とする実行部隊の仕事だ。リーダーは見たことがある。スキンヘッドの筋肉質の男だ。泣いて命乞いする男女をニヤニヤ笑いながら車に押しこみ、次の日、ニヤニヤしながら一人で帰ってくる。ユンジュを助けたいなら急いだ方がいい――。

「なぜ、私にそのことを」山下は、相手の言ったことをメモしながらたずねた。

〝昔、あることでユンジュに助けてもらったのです。みんな知らんふりをしたのに、彼女だけが……。彼女は言いました。母と再会するには善行を積まなければならない、そうすれば神様が力を貸してくれる。だからこうするんだと。

恩返しをするにはどうしたらいいかとたずねたら、彼女はメモをくれて、自分に何かあったらこの番号の山下という人に連絡してくれと言いました。だから――〟

「あなたは何者です。統合の関係者ですか？」

〝あなたには関係のないことです。これでユンジュへの借りは返しましたから〟

「もしもし、もしもし！」

通話はすでに切れていた。山下はいまの電話のことを調査室に知らせようとして、思いとどまった。

この話をどれほど信じられるかわからないのだ。自分の目で確かめるのが先だ。

ユンジュのそばへ行くのだ。まだユンジュが生きているうちに！

2

一時間後、山下は千葉市郊外にあるヤードの近くにいた。

周囲は山林を切り開いたばかりの造成地で、ほとんど人家はない。むきだしの土に点々と雑草がはえている無人の空き地の真ん中に、唐突な感じで、高さ五メートルの鉄壁の囲いがそびえたっている。拷問にも処刑にも最適の場所だと山下は思った。

周囲を高い塀に囲まれているから、中をのぞかれる心配はない。悲鳴は機械の作動音でかき消せるし、死体は車体とともにプレス機にかけてしまえばいい。

ただ、今ここから見ている限り、ヤードの周辺は静かだった。内部から機械音は聞こえず、人の声も聞こえない。

ユンジュの処刑はすでに終わり、みんな引き上げてしまったあとなのか。山下は背中をいやな汗がつたうのを感じた。

山下は初めて情報調査室の加藤に電話し、経緯を説明した。

「GPSでここの位置はわかるな。千葉県警に応援を要請してくれ」

〝了解〟

「わかってると思うが、サイレンは鳴らすな。それと――ちょっと待て！」

〝どうしました？〟

山下の耳に、鉄壁の向こう側からの機械音がとびこんできたのだ。あの音は――。

「プレス機だ。プレス機が動いている！」山下は口走った。

機械がいま動き出したということは、これまでは使われていなかったということだ。つまり、まだユンジュは機械にかけられてはいない。少なくともその可能性はある！

「これから突入する」山下は言った。

〝一人では危険です。応援を待って――〟

「もう待てん！」山下は通話を切ると、鉄壁にむかって走った。

鉄扉の部分には、鉄壁との間にわずかな隙間があった。山下はそこに体をねじこませ、中に入った。シャツの裾がひっかかって破れたが、かまってはいられない。

ヤードの内部には、数カ所にわけられて車のスクラップが山積みになっており、錆びた鉄の匂いがただよっている。

黒板をガラスでひっかく音を何倍にも増幅したような、耳障りな音がひびいている。山下は機械音にむかって進んだ。

スクラップの山の陰からのぞくと、若い男が有線式のコントローラーを手にして立っているのが見えた。男の視線の先にはスクラッププレス機がある。隣には、プレス機に自動車を投入するためのクレーン車がとまっている。

プレス機は高さ三メートル、長さ十メートルほどの長方形の箱形で、青色に塗装されている。油圧式のプレッサーが前後に二つ、今は垂直に上方にはねあがっている天井式のものがひとつある。これが三方向から圧力をかけると、自動車は四分の一ほどの容積のサイコロ形に圧縮される。中に死体がのっていれば、肉も骨も内臓もつぶされて単なる粘液と化す。

男はしきりにコントローラーのスイッチを押し、それに伴ってプレッサーは耳障りな音をたてて往復運動をしている。機械の調子を点検しているようだ。異音が出ているのは、機械が不調なせいだからだろう。

とりあえず、この瞬間にユンジュの命が奪われているということはなかった。山下は心の中ですこし息をつき、ついで舌打ちをした。

あわてて出てきたために、武器を持ってくるのを忘れてしまったのだ。水沼が折にふれて渡してくれていた数々の武器のうちの一つでも手元にあれば、心強いのだが。まあ今さらそんなことを言っても仕方がない。素手で何とかするだけだ。

男はコントローラーのスイッチを切り、その場から離れて歩きだした。山下は追った。男のむかった先は、ちょっとした体育館ほどの大きさのガレージだった。壁も天井も真っ赤に錆びている。

ガレージのシャッターは閉ざされ、その横の出入り口には、スマホを手にした男が退屈そうな顔をして立っている。見張りらしい。

コントローラーの男は見張りにちかづきながらプレス機のほうをさし、首を振ってみせた。なにか話してから、ドアをあけてガレージの中へ入った。二人の会話が日本語だったことから、この場の大体の見当がついた。

二人はふだんはこのヤードで働いていて、場合に応じてここを暴力行為の場として貸し出すのだろう。相手は暴力団であったり、半グレ集団であったり、時には北朝鮮であったりする。二人は求めに応じてヤード内の機械を操作する。車をプレス機にかけ、場合によっては人間も――。

見張りの男はスマホのゲームに熱中していた。山下はその背後から忍び寄り、両腕を相手の首にまきつけた。男は呼吸ができなくなり、目を白黒させた。

「声を立てたら殺す」山下はそうささやいてから、少しだけ力をゆるめた。「中には何人いる?」

男はガタガタ震えながら、指を三本立てた。山下は男をしめ落とし、その場に寝かせるとポケットを探った。男は飛び出しナイフを持っていた。それをズボンにおさめ、ドアをあけて建物の中に入った。

内部の照明は消されていたが、壁や天井のガラス窓から日光がさしこんでいるので、それほど暗くはない。床は砂だらけで、歩くたびに埃が舞った。山下は咳きこまないよう注意し、物陰に姿を隠しながら進んだ。広い駐車スペースには数台の車しか停まっておらず、身を隠す場所をみつけるのに苦労した。

作業所らしいプレハブの小屋が見えた。中には明かりがついている。

数脚のパイプ椅子が外に出されており、コントローラーの男が椅子に腰掛けたところだった。隣に半袖シャツを着た、腕全体に入れ墨をした男がすわっている。もう一人どこかにいるはずだが。山下は視線をめぐらせた。

水を流す音がし、プレハブのドアがあいた。黒いシャツを着たスキンヘッドの男が、ズボンのファスナーを上げながら出てきた。トイレに行っていたらしい。目が鋭く、両肩の筋肉が気味の悪いほどもりあがっている。これが、あの女の話していたリーダー格だろうか。山下の鼓動が高まった。

スキンヘッドは、二人の方に歩みよりながら、強いなまりの日本語でたずねた。「プレス機の具合はどうだ？」

山下は首筋の毛が逆立った。あの電話の声だ。ユンジュはここにいる！

「すこしひっかかりますけど、何とか」コントローラーの男が答えた。

プレス機の調子が思わしくないため、今まで使えずにいたらしい。ということは、まだユンジュはプレス機にはかけられていないのか。山下の中に、急に希望がわきあがってきた。

「じゃ、やれ」スキンヘッドが言うと、二人の男はプレハブに入って何かしていたが、やがて二人がかりで、二メートルほどの長さの黒いビニールの袋を重そうにひきずって戻ってきた。

二人はビニール袋をスキンヘッドの前に置き、また奥へ行って、ビニール袋をひきずってきた。ビニール袋は二つになった。二人は肩で息をしながら、袋を見下ろして立っている。

山下は物陰から袋を凝視していた。袋はまったく動かない。あのどちらかにユンジュが入っているのか。まだ生きているのか？

「どうした。早くもってけ」スキンヘッドが言った。

二人の男は顔を見合わせた。コントローラーの男が媚びるような目でスキンヘッドを見て言った。「ねえ、おれたちもやっちゃいけませんか?」

「あんた一人なんてずるいですよ」入れ墨の男も言った。「つぶす前に一度だけ。ねえいいでしょう?」

スキンヘッドは、しょうがないな、というようにパイプ椅子に腰をおろすと、タバコを出してくわえた。「早くすませろよ」

二人の男は顔を輝かせてビニール袋のひとつにとりつき、ファスナーをあけた。そこからひきずりだされてきたものを見て、山下は反射的に目をつぶった。

それがどうやらユンジュであるらしいとわかったのは、いつもつけている青いイヤリングの輝きをみとめたからだった。それ以外は血みどろの肉のかたまりだった。下着だけはつけているが、全身血にまみれているため、皮膚との区別がつかない。なまぐさい血の匂いが、山下の鼻にまで届いた。

そのユンジュを二人の男は歓声をあげながらひっぱりあい、先にのしかかろうとして争っているのだった。ユンジュの手足がぶらぶらと揺れ、地面をたたいた。山下の自制はここまでだった。

　山下はものも言わず、男たちとの距離を一気に詰めた。最後の二メートルは跳躍で詰めた。山下の蹴りを受けたコントローラーの男の頭がぐるりと回転し、顔はあお向けに、からだはうつ伏せに倒れた。殺されたという意識もないまま死んだだろう。

　山下の方にも、人間を殺したという意識はなかった。まだからだが空中にある間に、これまで抑制していた暴力のたががはずれているのを感じて心がひやりとしたが、ほんの一瞬のことだった。

　着地と同時に身をひるがえし、もう一人の入れ墨の男を倒すはずだったが、床にオイルの溜まりがあった。山下は足をすべらせて転倒し、入れ墨の男はあわてふためいて逃げだした。すぐに追いかけてつかまえ、みぞおちから背中まで貫通するほど拳を突き入れて動けなくしたが、これがスキンヘッドの男に猶予をあたえる結果となった。

　山下がふりむいたとき、スキンヘッドはユンジュの上体を背後から抱き、右手のナイフをその首筋におしあてていた。ユンジュの顔はつぶれたトマトのようで、目は閉じられている。その胸元に山下は目をこらした。どんなにかすかでもいい、心臓が動いていてくれさえすれば。

「ここは警官隊が包囲している」山下は朝鮮語でブラフをかませた。「女を放せ。抵抗すれば射殺する」

　スキンヘッドは山下をじっとにらみつけていたが、次の瞬間、大声で笑い出した。

「嘘を言うな。警官隊なんていない。おまえ一人だけだ。おまえは山下だろう？　この女は最高だったぞ。この女とやりたかったんだろ？　かわりにおれがやってやったんだ。何度も何度もな。山下、おまえには永久にこの女を抱くことはできないんだ。ここでおれが殺すからだ。ざまあみろ！」

「やめろ！」山下は、なんとか時間を稼ぐことはできないかと懸命に考えながら叫んだ。警官隊がここに向かっているはずだ。あと数分、何とか――。

　スキンヘッドの表情が狡猾なものになった。「山下、この女を助けたいとは思わないか？」

　山下はいやな予感をおぼえながら言った。「交換条件は？」

「簡単なことだ。キム・ジョンヨンの携帯の番号を教えろ」

　やっぱりか！　山下はうめいた。

「この女から聞いたぞ。日本名は吉田正英だそうだな」スキンヘッドは勝ち誇ったように言った。「白頭山血統の持ち主が日本にいるとは思わなかった。渡してもらおう。わが国の財産なんだからな」

「それは……」

「できないというのか。この女がどうなってもいいのか？」

「……」

「なあ山下、この女は本当におまえに惚れてるんだぞ。おれにやられてる間、何度も舌を噛もうとしたからな。おまえにとってはかけがえのない女のはずだ。いま助けなかったら、一生後悔することになるぞ。それでもいいのか？

十一桁の番号を言うだけでいいんだ。おれは女をおまえに渡してこの場を去る。おまえは女を病院へ運ぶ。ウィンウィンだ」

そのかわり、おれはキム・ジョンヨンを失うことになる——。山下は心の中でつぶやいた。これもまたかけがえのない存在なのだ。

ファン・ユンジュをとるか、キム・ジョンヨンか？　大問題をつきつけられ、山下は蒼白になっていた。答えを出さなければならないのだ。今すぐに！

そのときだった。やましたさん、と呼ぶ声がした。

血みどろのユンジュだった。首筋にナイフをおしあてられたまま、声をしぼりだしている。この世のものとは思えない声だった。

「わたしのために取引なんかしないで……」ユンジュはそう言いながら、自分から首筋をナイフにおしつけていった。

遅かった。


「何をする！」スキンヘッドはあわててナイフを引こうとしたが、遅かった。

ユンジュの首から血がほとばしった。すでに相当出血しているために勢いは弱いが、致命傷だ。スキンヘッドはユンジュがもはや人質の用をなさなくなったことで動揺し、ユンジュを捨てて逃げようとした。山下はその前に立ちふさがった。スキンヘッドの顔には初めて恐怖が浮かんでいた。膝をついたまま山下を見上げ、弁解めいたことを言おうとした。山下はその口元に回し蹴りを打ちこんで黙らせた。スキンヘッドの下顎は脱臼《だっきゅう》し、ほとんどちぎれて皮膚一枚でぶらさがった。昏倒したスキンヘッドに目もくれず、山下はユンジュを抱きしめた。「ユンジュ！」

ユンジュの目が動いた。目にわずかな光がともり、山下の姿をみとめたのがわかった。血の気をうしなった唇が動いた。

「何も言うな」山下はユンジュの首筋に手のひらを押し当て、少しでも出血の勢いを止めようと必死になりながら言った。自分でも何を言っているのかわからないまま、わめくように言った。「もう大丈夫だ、何も心配することはない。すぐに救急車が来る。これからはすべてうまくいくんだ。お母さんに会える。おれといっしょにお母さんに会おう。お母さんに、君と結婚させてくれと頼むんだ。いや、それまで待ってなんかいられない。ここで結婚しよう。今すぐおれたちは結婚するんだ。聞こえるかユンジュ？」

ユンジュの口からかすかな声がもれた。「おも……」

「なんだ、なにを言いたい?」山下は問いかけた。

ユンジュにはもう何も聞こえていないようだった。あるかなきかの呼吸と共に言った。

「お母《オモニ》さん、いまそっちへ……」

つぎの瞬間、ユンジュの目から光が消えた。心臓は鼓動をやめていた。山下はユンジュを抱きしめたままじっとしていた。ガレージのシャッターがあけられ、警官隊が駆けよってくるのにも気づかない。

山下の心の中には何もなかった。真空のような喪失感がすべてだった。

3

外務省はパク・ヒョンギの遺体を統合に引き渡そうとしたが、統合側からその必要なしと回答してきたため、ユンジュとともに日本で埋葬されることになった。

ユンジュの遺体は都内の葬場で荼毘《だび》に付された。谷と吉本が立ち会った。

「山下さんはショックでしょうね」谷は吉本に言った。

「まあな」吉本はうなずいた。「あいつ自身は否定するだろうが、あいつが彼女に好意をもっていたのは確かだからな」

「山下さんはいま、どうしてるんです？」

「家で酒くらって、寝込んでるよ」


山下は確かに酒をくらっていたが、寝込んではいなかった。眠ろうとしても眠ることができないのだ。

酒をあおり、睡眠剤をのんで、からだは眠ろうとするのだが、意識の方は逆に冴えかえるばかりだった。

ファン・ユンジュというかけがえのない存在を失ったのだ。手足をもぎとられても、この半分も苦しくはないだろう。

喪失感に襲われたことは何度もあるが、これほどの苦痛を感じたのは初めてだった。部下を失ったときでさえも、苦しい眠りではあったが、少なくとも眠ることができた。眠れさえすれば、いつか時間が解決してくれる。だが今回はそれができなかった。

「お母《オモニ》さん、いまそっちへ」と言って息絶えたユンジュ。あの瞬間の悲嘆とショックがいつまでも持続しているのだ。早く忘れてしまいたいと思えば思うほど、逆に鮮明に、ボリユームを増して迫ってくる。山下は両手で耳をふさいだが、無駄だった。この声は彼の頭の中に棲みついたのだ。

何日が経過したのか、時間の感覚はすでになかった。カーテンを閉めきり、明かりも消し、昼なのか夜なのかわからないまま、部屋着を着たきりで床にころがっている。自分の精神がこれほど脆弱だったとは、などとあきれたのは遠い昔のことで、いまは何も考えない不潔な肉のかたまりだった。あたりにころがっている空《から》の酒瓶と変わらなかった。全身が汗にまみれ、それが腐敗し、とんでもない臭いが室内に充満しているが、自分では気づかない。

こういう状態が長く続くと、ある瞬間から感覚に変調が生じ、見えないはずのものが見えるようになる。いま、山下の目の前にはファン・ユンジュがいた。

顔に傷ひとつない、美しい姿のユンジュだ。白い服を着て、山下に微笑みかけている。

山下はそれをきわめて当然のこととして受け止めていた。

ユンジュは死んだ。そしていまユンジュはここにいる。何か問題でもあるのか。

「こんにちは、山下さん」ユンジュは言った。

「ああ」山下はのろのろとからだを起こし、床にあぐらをかいた。これだけの動作をするにも、いまの彼には重労働だった。山下は手で目をこすった。

　ユンジュの姿は切れかけた蛍光灯のように、消えたりあらわれたりをくりかえしているのだが、たいした問題ではない。

「ひどい顔ね。最後に食べたのはいつ？」

「忘れた。ユンジュ、君に会えてうれしい」

「わたしもうれしい。ね、死んでみてわかったことがあるの。何だと思う？」

「さあ。何だい」

「生きてるときは、あれほど母に会いたい、母と会えるなら死んでもいいと思っていたのに、いざ死んでみると、それほどでもないの。どういうことかしらね」

「さあ、どういうことなんだろう」

「死ぬと執着心がなくなって、前より少しましな存在になれるということなのかしら」

「馬鹿は死ねば治るというからな」山下はへへへ、と笑った。口からだらしなく涎《よだれ》がこぼれた。

「ただ、死んでも前と変わらないことがあるのよ。山下さん、あなたといっしょにいたい。これだけは前と変わらないの」

「おれもだよ、ユンジュ！」山下は鉄片が磁石に吸いよせられるようにユンジュに抱きつこうとしたが、相手はすっと身を引いた。

ユンジュは軽やかに床を移動し、山下はころんだりひっくりかえったりを繰り返しながらそれを追った。テーブルやフロアランプがけたたましい音をたてて倒れた。

山下は、自分がなんのためにユンジュを追っているのかわからなかった。ユンジュが逃げるから自分は追う、それだけだ。

ユンジュは山下の目の前、二メートルほどのところに立っていた。山下はユンジュに近づこうとしたが、腹部に抵抗を受け、上体が前につんのめった。一メートルほどの高さのフェンスがあるのだ。

「来て」ユンジュは言った。「はやく。簡単なことよ」

山下はフェンスに両手をかけ、右足をフェンスに乗せた。これだけのことをするのも衰弱した肉体にとっては一苦労だった。やっと左足もひきあげ、フェンスに腰掛ける格好になった。あとはここから降りて、ユンジュを抱きしめるだけだ。ほんの少し、重心を前に寄せるだけでいい。山下はそうしようとした。

そのとき、頭の中でかすかな声がした。さっきから聞こえてはいたのだが、虫の鳴くような雑音としか聞こえなかったのだ。耳をすますことで、ようやく聞き取れた。

だめ、山下さん。違う、あれは違う……。

違う？　何が違うんだ？　ていうか、おまえ誰だ？

答えはなかった。しかし次の瞬間、山下は唐突に理解していた。

そう、違うのだ。

目の前に立っているのはユンジュではない。ユンジュならあそこには立てないのだ。なぜなら、ここはマンションの五階で、ユンジュの立っているのはベランダの外側の空間なのだから。

山下にはやっと、自分がいま腰掛けているのがベランダのフェンスの上端だとわかった。下を見ると、何人かの人が集まって、こちらを指さして何か言いあっている。パトカーのサイレンが近づいてくるのが聞こえる。

驚きも恐怖もなかった。そういうことか、と思っただけだった。

いつの間にかユンジュ——と今まで思っていたもの——は消えていた。

本当のユンジュは、さっき自分を止めてくれた、あの声だったのだろう。もう一度あの声を聞きたいと山下は思ったが、もう二度と聞こえてはこなかった。

異臭が鼻をついた。それが自分の体臭と知って山下は顔をしかめた。

フェンスから降り、シャワーを浴びた。冷蔵庫からチーズを出して齧り、熱いコーヒーを淹れて飲むと、もとの人間に戻れたような気分になった。ビタミン剤をのんで一休みし、たまっているメールのチェックをし、郵便受けから大量の郵便物をひき出した。大半はダイレクトメールだったが、ジョッキの中にミニグラスの入った〈手榴弾〉のイラストが描かれている大判の封筒が山下の注意をひいた。

シム・ビョンソからだ。山下は封筒をあけた。中身は文書や写真のコピーだった。一枚一枚めくるうちに、山下の目にみるみる生気がやどりはじめた。

4

「山下！」

「山下さん！」

情報室の全員が驚いた声をあげ、席から立ちあがった。水沼だけは座ったまま、少し顔を動かしただけだった。

「おはよう」山下はすこしふらつく足で自分の席についた。

「もうすこし休んでいなくていいのか？」吉本が身を乗り出しながら言った。「鏡で自分の顔を見てみろ。顔色が土《つち》みたいだぞ」

「受付でも同じことを言われたが、見た目ほどひどくはない」山下は、げっそりこけた頬を手でなぜながら笑ってみせた。「ここにいた方が気がまぎれる。ミーティングをしてたのか——。何の話をしてたんだ？」

「丸山教授の件だ」吉本はみんなと顔を見合わせてから言った。

「彼が行方不明になってから三週間になるが、自宅や研究室をいくら捜しても、北朝鮮とつながる手がかりは見つからない。やはり君がいないと駄目だと、みんなで話してたんだ」

「それはちょうどいいところへ来たようだな」山下は笑って言った。

「丸山教授が行方不明になった数日後、教授の自宅前に長い時間立って手をあわせていた男がいたんだ。その男について話そうとしていた矢先に、今度のことになってしまった。今やっと言えるんだが——。その男が、丸山の同類だとしたらどうする？」

「えっ？」

「石竹、Y町の港で正体不明のクルーザーに資料を横取りされた時のことを覚えているか？」

「忘れようったって忘れられませんよ」石竹は身を乗り出した。「トンビに油揚げですからね。韓国の諜報部でしょう？　きたないやつらだ」

「そのきたないやつらの一人が、これを渡してくれた」山下は机に〈手榴弾〉が描かれた封筒を置いた。「資料のコピーだ」

「これが!?」全員が封筒にとびつき、奪い合うようにして中のコピーを見た。

「赤マルをつけた写真を見てくれ」山下は言った。

「磯辺誠一、東京工業大工学部推進工学研究室主任教授。42歳。おもに動力推進系を研究している。ミサイル開発であれば航続距離などに関係する分野だ。丸山教授とは一時同じ研究機関に所属していた。

家族は妻と、子供が二人。住居は渋谷区富ケ谷のマンション——。この男が献花台に花を手向けていたことは、すでに現地の警察から聞いてわかっている」

「なるほど」石竹は写真から顔をあげて言った。「この磯辺は、丸山と同じレールに乗ってるわけですね。丸山は脱落したが、磯辺はまだレールの上にいる」

「そういうことだ」山下はうなずいた。目が、獲物を追う猟師のようになっている。それを見て、みんなはほっとしていた。

山下の精神力はすでに回復している。肉体がそれにおいついていないだけのことだ。それもう、時間の問題だろう。

谷のデスクの電話が鳴った。短く応答してから、谷は吉本のほうをむいて言った。

「野崎長官がお呼びです」

「長官が?」吉本は露骨にいやな顔をした。「ここに来てるのか?」

「はい、上の階の応接室に」

「何の用だろうな。どうせお小言には違いないだろうが」吉本はため息をつきながら立ちあがろうとしたが、山下がそれを止めた。

「おれが行くよ。室長はおれだし、長官の前に出る時は常に叱られる時だからな」

「大丈夫か？」

「ああ、大丈夫だ」


「山下！」いらいらと室内を歩きまわっていた野崎長官は、山下の憔悴《しょうすい》した顔を見るなり驚いて叫んだ。「休養してたんじゃないのか。ひどい顔だな」

「今日はみんな、私の顔をほめてくれるんですよね」山下は言った。「なんの御用です？」

「官邸に呼びつけられて、大久保幹事長から引導を渡されたんだ。ＦＯＸは近いうちに必ず解散させるとな」

「国の宝であるＦＯＸを解散？　なぜです？」

「とぼけるな。北朝鮮を支援している企業グループが、幹事長にとって大事な資金源だということくらい君も知ってるだろう。

グループは幹事長に持ちかけたんだ。北朝鮮にとって喉に刺さったトゲであるＦＯＸを解体すれば、リベートを上乗せすると。

幹事長が予算配分にタッチできる立場であることを忘れちゃいないだろうな。海保の予算折衝は、海保自身ではなく、国交省が代理となって財務省とおこなっている。その国交省に対して、与党幹事長は多大な影響力をもっている。幹事長の腹ひとつで、海保に分配される予算は増えもすれば減りもする。予算を減らされたくなければＦＯＸを解体しろと、幹事長は暗に言ってるんだ」

「しかしおかしいですね。幹事長は対北朝鮮のミサイル配備を唱える急先鋒じゃないですか。その幹事長が北朝鮮のために一肌脱ごうなんて。大体そんな幹事長のためになぜ北朝鮮は資金を提供するんです？」

長官はそれにには答えず、山下をじろりと見て言った。

「君は、シェルター建設を主張する超党派の富坂議員と通じているそうだな」

「さあ、何のことです？」山下は内心どきりとしながら言った。

「とぼけても無駄だ。シェルターを作らせたくないという一点で、北朝鮮と幹事長の思惑は一致したんだ。幹事長はシェルターに関係するものはすべてつぶす腹だ。今日にでもＦＯＸ解散を命じる気でいたようだ。それを思いとどまったのはなぜだと思う？　古賀次長のとりなしがあったからだ」

「古賀次長の？」

「古賀は幹事長に言ったそうだ。たしかに最近のＦＯＸは失態続きだが、もう少し長い目で見てやってほしい。今の日本にＦＯＸは絶対に必要だ。誰にもかれら以上のことはできない——。ここまで言われては、幹事長もどうにもならなかった。君はいよいよ古賀に足を向けて寝られなくなったな」

「あの人のために命を捨てる覚悟は、とっくにできています」

「君が命を捨てたところで、予算が増えるわけじゃない」長官は身も蓋もない言い方をし、露骨に顔をしかめた。

「それでなくてもうちは慢性的な予算不足のために、巡視艇の装甲さえままならないんだ。尖閣諸島近海で、中国漁船から体当たり攻撃を受ける巡視艇の身になってみろ。

　中国のやつらは貫通力の強い鉄甲を船首につけてるんだ。巡視艇の横腹はぼこぼこで、それを鉄板でパッチワークみたいに補修してる有り様だ。厚い装甲板をつけた新造船を、一隻でいいからプレゼントしてやりたいよ」

「いずれ成果を出して、報告しますから」

山下は長官の愚痴を聞き流し、ゴルフクラブへ向かった。トッド・ミラーとラウンドの約束があるのだ。

「ファン・ユンジュのことは残念だったな」ミラーは相変わらずバンカーで苦戦しながら言った。「それにしてもひどい顔だな」

「顔をほめられるのには、もう飽きたよ」山下はそう言ってから、十と言った。

「公平な目で見ても、最近のFOXは失点続きだな」ミラーは、目はボールに落としたまま言った。「おれは今までFOXにはAマイナスをつけてたんだが、Bプラスに落とさなきゃならないかもしれん」

「心配するな。いずれAプラスになる。ただ、チャンスがないだけだ」

「ではチャンスをやろうか。ユンジュの弔い合戦の意味もかねて」

「聞かせてもらおう」

「危険な仕事だぞ。死人が出るかもしれん」

「そういう仕事をしたくて、いまうずうずしてるんだ」

「なら言おう。北朝鮮発の不審船がマニラに入港し、覚醒剤をつみこんだようだと、現地のエージェントが連絡してきた。

この船はいま日本にむかっていて、三日後に横浜に入港する。フィリピン船籍の貨物船『シルバートライアングル』だ。これを確保すれば——。なんだ、ため息なんかついて」

「おれたちがいくら手柄を挙げたところで、それが逆に大久保幹事長には気に入らないんだよな。あの幹事長がいる限りＦＯＸは……ま、仕方ないか」

六章　一線

いよいよ、ファン・ユンジュの弔い合戦だ。山下は、胸の中に熱い闘志がわきあがるのを感じた。

タクシーの行く先は横浜税関だった。覚醒剤をつんでいると思われる貨物船「シルバートライアングル」は今夜、横浜港に入港する。そのための捜査会議に出るのだ。

山下がトッド・ミラーから提供された情報を上層部に伝え、その後海保、警視庁、神奈川県警、それに税関が動きだし、合同捜査本部が設置されるまで二時間とかかっていなかった。

密輸事件は海保や警察が実動部隊として捜査・逮捕をするが、特に海外からの情報をもとに捜査する場合は、各地域の税関が合同本部のトップとして指揮にあたることが多い。今回も捜査本部長は横浜税関の税関長だった。税関は組織上は財務省の管轄で、税関長として出向してくるのは財務省の若いキャリアだ。

た。
横浜税関の会議室には十数人のメンバーが集合し、捜査の手順を確認しているはずだっ
た。
海保第三管区は、洋上で覚醒剤の取引がおこなわれる場合に備え、巡視船、巡視艇を出
して警戒にあたることになっている。
ただではすまないだろうと山下は思った。戦いの予感にからだが震えた。
向こうはおそらく銃器で抵抗してくるはずだ。こちらの警官隊も、発砲許可を得た上で
突入することになるだろう。山下も突入に参加するつもりだった。拳銃の扱いには慣れて
いるし、人間を撃った経験もある。ただ、今回の主役はあくまで税関と警視庁であり、海
保は補佐的な立場なので、山下に突入許可が与えられるかどうかは微妙だった。
もし突入できたら、死体の山を築いてやると山下は思った。口実はどうとでもなる。ユ
ンジュの仇《かたき》をうつ。そのために一人でも多くの工作員に死んでもらうのだ。逆恨みもはな
はだしいことはわかっているが、すでにそう決めているのだから仕方がない。「シルバー
トライアングル」の乗組員たちには、運が悪いと思ってあきらめてもらおう。
携帯が鳴った。吉本からだ。
〝突入を前にもうしわけないが、いいニュースと悪いニュースがある〟
「いいニュースから聞こう」山下は言った。

〝君が下顎を飛ばしたスキンヘッドだが、手術が終わり、なんとか元通りつながったようだ〟

「一生チューブで食事をするはめにならなくてよかったな。悪いニュースは？」

〝そのスキンヘッドは、北朝鮮に送還されることになった〟

「なんだって？」

〝今回の事件では日本人が被害にあったわけでもなく、朝鮮統合内のトラブルで死傷者が出たという、北朝鮮の国内事件としての扱いになるそうだ。日本政府と統合の合意の上だ。まあ正確には、大久保幹事長と統合の合意だが〟

「ここでもあの幹事長か。耳を疑うとはこのことだ。殺されたのが日本人なら国際問題で、在日外国人ならもみ消すのか。それが日本の人道主義ってやつか！」

〝これは決定事項だ。もうくつがえらない。これで切るぞ〟

「もしもし、もしもし！」

めずらしく吉本の方から電話を切られた山下は、歯がみをしながら思った。

日本政府は外国人に対して、時にではあるが、とても先進国とは思えないような差別待遇をする。その一方で、罪をおかす外国人には信じられないほどの優遇を与えるのだ。日本でいい暮らしをしたければ、犯罪者になれと暗に推奨しているようなものではないか。

1

午後九時四十三分、横浜港の埠頭。

フィリピン船籍の貨物船「シルバートライアングル」は、予定より三十分ほど遅れて入港してきた。県警の捜査員が船を視認し、捜査本部に報告した。

山下は横浜税関の職員、警視庁捜査官とともに海上の巡視艇にいた。

捜査本部では、すでに貨物船内部にいる乗組員の携帯電話の盗聴を開始していた。

乗組員たちは待ち伏せされているとはまったく思っていないらしく、てんでに携帯で会話をしている。その会話内容と発信先は、すべて自動的に記録されていく。

話のほとんどはタガログ語で、横浜市内にいるなじみの女と早く会いたい、早くやりたいという他愛もない内容だが、ときおり朝鮮語での会話が入ると、本部の空気が緊張した。

〝こちら飼い主。まもなく到着する〟

〝なぜ遅れた?〟

〝悪天候のため、一時安全海域に退避していたためだ。問題はない。そちらこそ、尾行はされていないだろうな?〟

〝大丈夫だ。ウサギは元気か？〟

〝ああ、二十匹とも元気だ。積み荷とともにおろす。税関審査をうけるから、そちらの手にはいるのは来週になるだろう〟

〝了解〟

ウサギとはいうまでもなく覚醒剤のことだ。二十匹とは二十キロの意に違いない。本部は捜査員たちに拳銃の使用許可を出した。二十キロもの覚醒剤を運んできたからには、当然武器を持っているはずだ。


午後十時七分。

貨物船からリードロープが打ち出され、岸壁に待機している港湾局の作業員がそれを引っぱった。続いて引き出されてきた係留ロープを岸壁にかけた。

着岸が完了した。船体後部がひらき、トラックが出てきた。

同時に、物陰に待機していた神奈川県警の捜査員がとびだしてトラックを止め、船内に突入した。

山下はそれを、停泊中の巡視艇の甲板から双眼鏡で監視している。周囲では警官や海保隊員が、目立たないように防舷物のかげに身を隠している。

山下は結局、突入隊に参加することはできなかった。不満ではあるが心の半分ではほっとしていた。いまの自分が拳銃を持ったら、確実に死者の数がはねあがるに違いないからだ。

巡視艇は岸壁から離れ、貨物船に接近を開始した。海に飛び込んで逃げる者がいないか監視するためだ。そのときだった。防舷物のかげから刑事たちが首をのばすようにして言った。

「おい、あそこにいるクルーザーはなんだ？」

「カメラを持ってるぞ。テレビの連中か？　山下二監、何だと思う？」

「さあ」山下が首をかしげたとき、一発の銃声がした。県警の使う38口径ではない、もっと大口径の銃声だ。続けざまに銃声がひびき、山下の乗っている巡視艇の舷側に弾丸が当たってカンと音を立てた。

山下は双眼鏡を目にあてた。オートマチックの拳銃を手にした上半身ランニングシャツ姿の男が、ものすごい勢いで甲板を走っていくのが見えた。それを、突入用の装備に身をかためた捜査員たちが追っている。

速報です。横浜港で警察と外国人密輸グループとの間で銃撃戦がありました。神奈川県警は、横浜港に入港予定のフィリピン船籍の貨物船「シルバートライアングル」が多量の覚醒剤を積んでいるとの情報をつかみ、待機していました。午後十時十分ごろ、貨物船の着岸と同時に神奈川県警の捜査員が船内に突入したところ、乗組員との間で銃撃戦となり、捜査員二人がけがをし、乗組員の少なくとも一人が死亡したもようです。その後乗組員は全員が投降し、現在船内の捜査がおこなわれています。

「勝手に放送するな！」

クルーザーの甲板でマイクを手にしている女性キャスターに、横浜税関の補佐官が、生放送で丸映りになるのもかまわず嚙みついている。「なぜここのことがわかった。誰からのリークだ！」

「ニュースソースは明かせません」女性キャスターは、カメラ映りのいい角度になるように顔を動かしながら、すずしい顔で答えた。

「いつもすみません、山下さん」離れたところで、ディレクターは興奮した表情で、巡視船から移動してきた山下にぺこぺこ頭を下げた。「銃撃戦を生中継したのは初めてです。お礼は、のちほどあらためて」

「すぐに終わってしまって残念だったな」山下は答えた。「もう少し抵抗するんじゃないかと思ったんだが」

貨物船の船尾からは、手錠をかけられ、ロープで数珠繋ぎにされた乗組員たちが、ぞろぞろと降りてきている。

巡視艇が、山下のいるクルーザーのすぐそばに寄ってきた。

〈山下さん〉巡視艇の乗組員が、テレビクルーにはわからないように、手信号で山下に言った。

〈貨物船の乗組員は、投降する前に箱のようなものを海中に落としていました。潜水士に捜させますか?〉

〈それは警視庁にまかせよう〉山下も手信号で答えた。

〈警察に手柄を渡すんですか?〉

山下は右手を前に出し、水をかく仕草をしてみせた。

乗組員は、ああわかりましたという顔になり、敬礼して去った。

そう、これは警視庁主導による泳がせ捜査なのだ。

万一の場合、覚醒剤の入った箱を海に落とすのは、犯人にとって予定の行動だったに違いない。それをすでに警視庁は読んでいる。時間が経ち、誰もいなくなったところで箱をひきあげ、中身が覚醒剤であることを確認したうえで、超小型の発信機をとりつけ、再び海に沈める。いつか誰かが、箱を引き上げに来る。それを追跡すれば――。

山下は大きく伸びをした。長い一日だったが、ようやく終わった。

クルーザーの甲板にはテレビクルー用のクーラーボックスが置かれ、中には缶ビールがぎっしりつまっていた。山下は勝手にひとつ取るとタブをあけ、一気に飲んだ。

2

「北朝鮮はミサイルをみずから使用するだけでなく、他国に輸出する計画も持っているらしい」翌朝のミーティングで、吉本はみんなにむかって言った。その前には山下、水沼、石竹、谷、加藤と、めずらしく全員がそろっている。

もう吉本は山下がいるいないにかかわらず実質的な室長といってよく、山下も「おれよりずっと似合うよ」と言って、訓示役は吉本にまかせることにしたのだ。

「他国――というと、アフガニスタンですか?」石竹が聞いた。

「そのとおり」吉本はうなずいた。「今のアフガニスタンではタリバンが一応政権を握っているが、これをよく思わないイスラム国（ＩＳ）が猛攻撃をしかけている。それも、できるだけ目立つ、世界の注目を集めるような方法でだ。これがエスカレートすれば、次に来るのは――」

「核攻撃、ってこと？」水沼がぼそっと言った瞬間、室内の空気がこおりついたようになった。

「そういうことですね」加藤が言った。

「ＩＳがいま一番欲しいのは、アフガンだけでなく、他国との戦闘も視野に入れた中長距離の核ミサイルのはずです。普通ならイランからということになるでしょうが、いまのイランは外国の監視の目が厳しいですからね。このビジネスチャンスを北朝鮮が見逃すはずはありません。

最近になって北朝鮮がミサイル発射をくりかえしているのは、周辺国に対する示威のためだけではなく――」

「宣伝のためだというんですか!?」谷があきれた顔で言った。「あれはＣＭ映像だというんですか！」

「今のアフガンは、核が使用される確率がきわめて高い地域だ。そして核の拡散がいったん始まってしまえば、歯止めがきかなくなる」吉本は山下の顔を見て言った。

「なあ山下、事態はわれわれの思っている以上に変転しているんだ。核の拡散を止めるには、日本だって当然協力しなきゃならない。シェルターのことだけを考えていていいものだろうか？」

「シェルターなんか作っている場合じゃない、さっさとミサイルを配備して、北朝鮮のミサイル基地を破壊してしまえばいい、そういうことか？」それまで黙っていた山下は、吉本にむかって静かに言った。「君もミサイル派の信者になったのか」

「そんなことは言ってない！」

「じゃ何だ。北朝鮮のミサイルは悪だが、日本やアメリカのミサイルなら正義だという、お決まりの論理か？　ミサイルに悪も正義もない。一発でも実戦使用されれば二十発、三十発が飛び交うことになる。それを浴びるのは一般市民だ。歯止めがきかなくなるとたった今言ったのは君じゃないのか？」

「山下、おれが言いたいのは――！」

「まあまあ」険悪になりかかる二人を、加藤があわてて止めた。「今は、磯辺教授のマークが先でしょ」

磯辺誠一（四十二歳）、東工大工学部推進工学研究室主任教授。家族は妻と子供が二人。住所は渋谷区富ケ谷。

磯辺に関しての最大の疑問点は、彼が北朝鮮に協力する動機も理由も見当たらないことだった。

最初は丸山教授と同様ハニートラップにかかったのかと思われたが、そのようなようすはない。ただ、北朝鮮と何らかの形で接触していることは確実と思われる。

山下は谷とともに東工大へ行き、学内の研究室で磯辺と面談した。

磯辺はひょろりという形容がぴったりの、痩せて背の高い男だった。人を軽侮するような態度を、自然に身につけている。

山下は直感的に思った。この男は、不遇の時期が長かったのだろう。それがあるときから急に恵まれた立場になった。それまで周囲に対して卑屈な態度を強いられていたのが、それをとりかえすかのように、一転して尊大な態度をとるようになった――。

「海上保安庁の山下です」山下は簡単に自己紹介した。

「磯辺先生は、もう一月近く前ですが、九月十七日以来何度も丸山教授の自宅跡で手をあわせておいでてでしたね」

「ええ、丸山さんとは親しい仲でしたから」磯辺は右手の指先でボールペンをくるくる回しながら言った。癖なのだろうが、初対面の相手に対して無作法ではある。谷はわずかに眉をひそめていたが、山下は気にせずに言った。

「あなたは丸山教授とともに、北朝鮮のミサイル開発に関与されていましたね」

「………」

「否定しますか？」

「否定はしません。丸山さんは燃料系を、私はエンジンの動力系を担当していました」

あまりにあっさりと認めたので、山下も谷も驚いた。

「自分のしたことがわかっているんですか」思わずというように、谷が横から言った。

「あなたは北朝鮮のミサイル技術の進歩を助けたんですよ。燃料は液体式から固体式になり、日本はもちろん、ハワイからアメリカ本土まで届くミサイルが間もなく完成します」

「当然そうなるでしょうね。そのために協力したんですから」

「なぜです。脅かされたからですか？」

「丸山さんはそうだったかもしれませんが、私は脅かされてなどいません。私の自由意思です。北朝鮮関係の人物に協力していると丸山さんから相談を受けた私は、自分もその人物に会わせてくれと言って、以後協力するようになったんです」

「なぜです。なぜそんな」

「金ですよ。金が欲しかったんです」

「ただ金のためだけに？」

「金のありがたみを知らないやつに限ってそんなことを言うんだ！」それまでしれっとしていた磯辺の口調が、急に激しい感情をおびた。

「金のない研究者がどれほどみじめかわかりますか。以前の私は、論文の下書きをするノートさえ買うことができなかったんです。

夕方になって人がいなくなると、よその研究室へ行って屑籠をあさるんです。裏が白いままの紙を探すために。それを集めて論文を書いたんです。おかげで今でも、紙は裏まで使わないとおちつきません。

日本政府やマスコミは、基礎研究のための予算を増やすと言っていますが、口ばかりです。

外国の研究機関はそれを見越して、優秀な人材をせっせとスカウトしてますよ。特に中国ですが、札束で顔をひっぱたいてね。それに乗って海外へ出ていく者たちを責めるのは簡単ですが、日本に見切りをつけて出ていこうとする者を、なぜ日本政府は引き留めようともしないんですかね？　日本じゃ金は出せませんから、出ていきたければどうぞ、これが政府の態度ですよ。だったらこっちも好きにさせてもらう。それだけのことです。私の場合、北朝鮮に協力するようになってからは、毎月三百万円が入るようになりました。そのすべてを私は研究のためにつぎこんでいます。私利私欲のためには一円も使っていません。北朝鮮に協力しなかったら、今の研究のうち、ひとつとして進めることはできなかったでしょう」

「すべては金のためですか」山下は静かにたずねた。「金のためなら何でもするんですか？」

「その通りです。誰だってそうじゃないですか？」磯辺はペンをくるくる回しながら言った。

「磯辺さん――！」谷が身を乗り出して何か言いかけるのを制して、山下は言った。

「毎月三百万円が入ると言いましたね。われわれが毎月その同じ額をお支払いするとしたら、どうです？」

「えっ？」磯辺のペンが、ぴたりと止まった。谷も驚いて山下の顔を見た。

「あなたは、今まで通り金を受け取り続けてかまいません。その上われわれからも金を受け取ることができるんです。今までの二倍の額です。そのかわり、今後は北朝鮮ではなく、われわれに協力していただきます。

　北朝鮮に協力する場合、その内容を事前にわれわれに知らせていただく。かれらに渡す資料はすべてわれわれに見せる」

「二重スパイになれというわけですか」磯辺のペンが再び回りはじめた。

「あなたは金で北朝鮮にころんだ。それなら、金で祖国にころび返すことだってできるでしょう？」

「できます」磯辺は大きくうなずいた。「喜んで二重スパイになりましょう。ただ、先方と同額ではだめですね。倍額出してください」

「倍額？　月に六百万ですか？」山下はさすがに、ちょっとひるんだ顔になった。

「より多くの金を出してくれる方のために私は働きます。当然のことでしょう？」

「わかりました。六百万出しましょう」山下はうなずいた。

「値切らないんですか？」磯辺はちょっと驚いた顔になった。

「そんな交渉をしている時間が惜しいです」山下は肩をすくめた。「それより、このことを北朝鮮関係者に漏らしたりはしないでくださいよ」

「わかってます。僕もそれほど馬鹿じゃありません」磯辺は笑って言った。「月に九百万入るなら、喜んで貝になりますよ」

「ではさっそくお願いがあります。先生は、近いうちに北朝鮮へ行く予定はありますか？」

「ええ」

「ではミサイル関連施設の場所、組織、海外の技術者、プロジェクトの進捗状況を調べていただきたい。できれば、それらを撮影してほしいのです」

「いいですよ」磯辺は簡単にうなずいた。

「言っておきますが、危険な仕事ですよ」山下は注意深く相手の顔を見ながら言った。

「もし見つかったら、ただではすまない」

「人生にはリスクがつきものです。誰だってそうでしょう？」

ここで谷が、たまりかねたように言った。「そんなに軽々しく請け合っていいんですか？ご家族のことを考えたことはないんですか。北朝鮮に協力した者が、最後にはどうなるか。あなたに万一のことがあったら――」

「いつまでもかれらと関係を続けるつもりはありません。時期がきたら縁を切るつもりです」

「そんな甘い相手ではないと思いますが」

「僕のもっている技術なんて、五年後にはもう時代遅れになる。向こうの方から絶縁を宣言してきますよ」

「しかしこれから五年の間、あなたの技術を北朝鮮は利用する。その結果、何千、何万という日本人の命が危険にさらされることになるかもしれないんですよ」

「僕がやらなければ、ほかの誰かがやります。ロケットの研究者なんてたくさんいますからね。その多くは子供を高校や大学へ進学させることもままならないほど生活が困窮し、北朝鮮でも誰でもいいから、自分をスカウトしてくれるのを待っているんです。こんなことは、どこのマスコミも報道しませんがね。話はこれだけですか？　では失礼ですが、出発の準備をしなければなりませんので。一月分の六百万、前金でいただきます。三日以内にふりこんでください。ああそれと、僕の留守中、家族の保護をお願いしますよ。あなたがたの仕事のうちですよね。それともオプション料金ですか？」


「金の亡者——といいたいところだが、あれだけ徹底していると、いっそすっきりするな」帰りのタクシーの中で、山下は苦笑しながら言った。

「のんきなこと言ってる場合じゃないですよ」隣にすわった谷が言った。

「前金の六百万円、三日でどうやって用意するんです？　うちの捜査費用ではとてもまかなえませんよ」

「心配するな。借りればいいのさ」山下は簡単に言った。

だが山下も、そう簡単にはいかないだろうと覚悟していた。札付きの存在である山下に海保が臨時予算を認めるとはまず考えられないので、自力で金づるを探すしかない。

山下はテレビ局へ行き、この間の銃撃戦の事前リークの謝礼をディレクターからもらおうとしたが、朝から不在だと言われた。

「あいつは競馬マニアでしてね」同僚だという男がすまなそうに言った。

「給料も諸手当も競馬につぎこんで、家にも帰れず、ネットカフェを転々として逃げまわってるんですよ」

ほかにも、山下がこれまでネタを提供してきた連中に打診してみたのだが、いずれも空振りだった。だめなときはこんなものかもしれない。たちまち二日が過ぎた。

磯辺が北朝鮮へむけて出発する日は明日に迫っている。金を受け取れないとなれば、磯辺は仕事をことわってくるだろう。何とかしなければならない。だがどうすれば？

調査室へ戻り、自分の席で考えこんでいる山下の前に、ブタの貯金箱が置かれた。

「金の工面で走り回ってるって、谷から聞いてね」水沼は言った。「よかったら使いなよ」

「ありがとう、気持ちだけいただいておく」山下は、こんなので足りると思ってるのかよオバさん、と内心思いつつ、微笑しながら貯金箱を押しもどした。水沼としては大まじめなのだろうが、ときどきこういうハズしたまねをするのだ。

トイレに行こうと立ち上がりかけた山下を、水沼はまあ待ちなよ、と言って止めた。そして机から金属製の文鎮をとりあげると、貯金箱にたたきつけた。陶製のブタが粉々になり、大量の硬貨が散乱した。

どうせ百円玉ばかりだろ、と思って見た山下は目をむき、硬貨の山をかきまわしはじめた。硬貨だけではなく、大量の紙幣がまざっているのだ。

「百ドル札じゃないか！　ユーロ、ポンド、ルーブル、元、ウォン、どれも高額紙幣ばかりだ」

「外国の技術者とよく話すんだけどね」水沼は百円玉と紙幣をよりわけながら言った。「たいてい、むこうの軍や政府高官が一緒にいるわけだけど、まあそいつらが、それぞれのお国言葉で差別発言をすることすること、そのたびに罰金を徴収してやったんだよ。一発言につき一ドルだと言ってね。そしたらあいつら、すまん小銭がなくてなんて言いながら大枚払うわけさ。外国人は贖罪《しょくざい》という点に関しては、日本人よりはるかに気前がいいね」

かき集めた金は日本円に換算して百万円近くになった。それでもまだ五百万以上足りない。

「あとはあいつか」山下は宙をにらんだ。「しかし、無理かなあ」

「五万ドル？」トッド・ミラーはあいかわらずバンカーからボールを脱出させられないまま
またずねた。「何に使うんだ？」

「科学者を一人買収したい」

「かわりに何をくれる？」ミラーが言った。

そらきたと山下は思った。

こいつがただで金を貸すわけがない。必ず見返りを求めるのだ。だが今は何もない。

「おいどうした、まさか人にものを頼むのに手ぶらってことはあるまいな」

山下はもうすでにあきらめていた。別口を当たるしかない。

「もういいよ。あんたに無心は通用しない。おれがバカだった。ほかを当たってみる。途
中で抜けて悪いが」

山下はゴルフバッグをかついでその場を離れようとしたが、ミラーが呼び止めた。

「入金は明日でいいか？」

「えっ？」

「君は運がいいよ。今日はおれの母親の誕生日なんだ。こんな日に友人を悲しませては罰が当たるからな」

山下は感激した。ＣＩＡ局員にもやはり同じ人間の血が流れているのだ。頼んでみるものだ。

「ありがとう。トッド、本当にありがとう！」

磯辺の口座に金が振りこまれたのは、十月十四日、出発の当日の午前中だった。ぎりぎりだが、なんとか間に合った。

羽田空港の国際線出発ゲートの前で、山下は磯辺にプラスチック製のフェルトペンを渡して言った。「回してみてください」

「こうですか?」磯辺は指先でフェルトペンをくるくる回してみせた。

「それはペン形のカメラです。うちの水沼という技術者が作りました」山下は言った。

「高感度のフィルムが五十コマ入っています。金属部品は使っていませんから探知機にもひっかかりません。もちろんシャッター音もしません。それでミサイル工場の内部を撮影してください。あなたがそういうふうにペンを回す癖はみんなが知っていますから、あやしまれることもないでしょう」

「なるほど」磯辺は指先でペンを回しながらうなずいた。

へたをすれば命にかかわる大仕事だが、まったく平気なようすだった。度胸がすわっているのか、それとも単に能天気なだけなのか、山下には判断がつかなかった。まあ、撮影さえしてもらえれば文句はない。

磯辺は山下に手をふると、出発ロビーへむかって歩いていった。山下はその背にむかって頭を下げた。

顔をあげ、腕時計を見た。今から渋谷へ急げば間に合うだろう。その前に買い物をひとつしなければならない。

3

午後四時四十五分、渋谷駅前のフルーツパーラー。テーブルにはパフェが二つ置かれている。

山下正明は制服姿の少女とむかいあっている。学校が終わってすぐ直行してきたらしく、テーブルの横には通学用のナップザックが置かれている。

に差し出した。

「すこし遅れたけど、十四歳の誕生日おめでとう」山下はリボンのついた箱を、少女の前

「いちおう覚えててくれたわけだね。開けていい？」関川真琴は箱を手に言った。

六年前までは山下真琴だった。以前の妻だった関川芙美子との間にうまれた山下の一人娘だ。真琴は芙美子にひきとられたが、月に一度、父親と会う「おつとめ」を続けている。

「ああ」山下はうなずいた。

真琴は箱を開けた。出てきたのは体長二十センチのゴジラのフィギュアだった。

「円谷英二でも中野昭慶でもない、ちゃんと川北紘一ゴジラだね」真琴はフィギュアを仔細に見ながらうなずいた。

真琴はゴジラが好きで、幼い頃から部屋はゴジラグッズでいっぱいだった。両親が離婚したときは、それをすべて持ち出していった。いまの彼女の部屋はさらに大量のゴジラ関係商品で埋めつくされているだろう。

「今度新宿にね、新しいクレープの店ができるんだ」真琴はパフェをスプーンで口に運びながら言った。「ゴジラクレープっていって、ゴジラの足跡の形をしたクレープを開店初日限定で売り出すんだって。あたし、絶対初日の九時開店に並ぶつもりなんだ。学校サボってでも」

「ふーん」山下は気がなさそうにうなずいた。

「あんたのそういうところが気にいらないんだよ」真琴は顔をしかめた。

「興味がありそうなフリだけでもできないわけ？　海上保安庁はゴジラ映画にはいつも協力してるんだから、親戚みたいなもんでしょ？」

「怪獣には興味がない。人間という、怪獣よりはるかにおそろしい存在を相手に戦うだけで精一杯なんだ」

真琴はだめだこりゃ、とつぶやき、パフェを食べつつ、ぼそりと言った。「いまどんな仕事してるの。職場に行かなくていいの？」

「そうむずかしい仕事じゃない」山下は答えた。

「あんたがいなくても、みんな困らないわけ？」

「父親をあんたと呼ぶな」

真琴は答えずにフィギュアを撫で回し、山下は横をむいた。せっかく会っても、会話はすぐに途切れてしまうのだ。二人とも黙ったままパフェをつつき続けた。

何と索漠たる父子の対面だろうと山下は思った。月に一度だけ許されている我が子との面会。前の晩は心臓がドキドキして眠れない。なのにいざその時になると、なぜこうなってしまうのか――。

真琴は駅前の雑踏を見ながら、突然言った。「ねえ、もうすぐ戦争になるの？」

「なぜそんなことを言うんだ？」山下は少し驚いて言った。

「ニュースで言ってるじゃない、いつミサイルが飛んできても不思議じゃないって。日本もミサイルを持たなきゃいけないんだって」

「それは――」迎撃ミサイルを配備しようと躍起になっている派のプロパガンダなんだと山下は言おうとしたが、やめておいた。

真琴はこの話にはそれほど興味がないらしく、自分から話題をかえてきた。「ねえ、聞いてもいい？」

「ああ」

「あんた、ママとなぜ離婚したの？」

「彼女が言ったんだ。おれがこの仕事を続けていると、家族に危険が及ぶ……」

「仕事か家庭かの二択を迫られたわけだ。で、あんたは仕事を選んだ」

「父親をあんたと呼ぶな」

「あたし、今日で十四だよ」

「わかってる」

「いつも言われるんだ、だんだんママに似てくるねって。あんたもそう思う？」

「ああ。いいことだ」

「本当にそう思ってる？」

「どういう意味だ」

「鏡を見るたびに思うんだ。全然オヤジに似てねえなあって。ぶっちゃけた話、あんた、あたしの本当の父親なわけ？」

どう答えたものかと山下が考えているとき、真琴の携帯が鳴った。「ママからだよ。話す？」

芙美子からか――。山下はすこしためらってから携帯を耳にあてた。「もしもし」

〝翡翠を返してくれない？〟芙美子の声がした。挨拶もなしにいきなり用件を切り出す話しぶりは、以前とまったく変わっていない。

「翡翠？」山下は聞きかえした。

〝新婚旅行のとき台湾で買った翡翠の玉。中にぐるーっとトンネルが掘ってあるやつ。あれはわたしのものだから返して〟

「またそれか」山下は舌打ちした。

「君は家の中のものを、ブルドーザーでさらうように一切合財もっていったんだ。翡翠でも何でも、そっちにあるに違いないんだ。よく捜してみろ」

〝お願いだから返して。あなたのものは全部返すから、あの翡翠だけは返して〟

芙美子は神経質な口調で、翡翠を返せとくりかえした。山下は、芙美子の精神状態が不安定になっているのではと心配になった。


話の接ぎ穂がみつからないまま、時間はいやになるほど余っている。真琴はカラになったパフェのグラスの底をスプーンでつついている。

映画でも見るかということになり、二人は道玄坂のシネコンへ行った。山下の知らない何とかというアイドルグループの主演映画だった。始まって数分もしないうちに山下は眠ってしまった。

ふと目をさますと、隣にすわっているはずの真琴の姿がない。山下は周囲を見回した。なぜか客席には誰もおらず、山下ひとりだけなのだ。映画が終わって、みんな帰ってしまったのだろうか。

わたしは、という真琴の大きな声がナチュラルエコーをともなって聞こえてきたので、山下はあわてて正面を見た。驚いたことに、スクリーンには真琴の顔が大写しになっている。

〝わたしは、父親の山下正明がおかした大罪の数々を心から非難します〟真琴は客席にむかって言った。紺色のスーツを着て、胸元には北朝鮮労働党のバッジをつけている。よく見ると、真琴は顔から丸みがとれ、大人の女性らしい姿になっている。今の真琴ではなく、五、六年後の真琴なのだ。

はははあ、これは夢なんだなと山下は思った。自分は映画館の客席で居眠りしながら、真琴の未来の姿を見ているのだ。

〝山下正明は、朝鮮民主主義人民共和国の財産である機密情報を奪い、共和国の国策であるミサイル計画の妨害をこころみました。さらに偉大なる指導者である金正恩総書記様の血統を冒瀆するという悪行をなしました。これは人類に対する許しがたい犯罪行為であり、極刑をもってつぐなわせる以外にありません〟

山下は、これは夢だと知りつつ、首をひねらざるをえなかった。真琴はいつから北朝鮮のスポークスマンになったのだろう。

〝わたしは山下正明の娘であることを心から恥じ、絶縁を宣言します。わたしの父は、偉大なる金正恩総書記様ただお一人です〟

「真琴、何をされたんだ？」山下は思わず、スクリーンにむかって叫んだ。

〝金正恩総書記、万歳。朝鮮民主主義人民共和国、万歳！〟

「真琴！」

「ちょっと」

「真琴、どこにいるんだ。どこなんだそこは！」

「映画館に決まってるだろ。起きなよ」

山下は肩をゆさぶられていることにようやく気づき、目をあけた。スクリーンではアイドルグループがミュージカル風に歌って踊っている。客席は若い女の子でぎっしりだ。

「寝るのはいいけど、大声で寝言いわないでよ」真琴は顔をしかめて言った。「まわりに迷惑だろ」

「よかった」山下はため息をついた。

「よかったって何が？」真琴は聞きかえした。

「おまえが日本にいてくれて、本当によかった」

「あんた、相当疲れてるね……」


十月二十一日、磯辺誠一が北朝鮮から無事帰国した。

五十枚のカラー写真を見せながら、山下たちに首尾を報告した。「ミサイル開発の研究棟は、平壌空港から車で一時間ほどの、森を切り開いた広大な敷地の中にありました。周囲に人家はまったくありません」

「カステラの箱のような、やたら横に細長い建物だ。昔のＣＩＡ本部によく似てるな」山下は建物の写真を見ながら言った。ファインダーをのぞかずカンだけでシャッターを押したため構図が斜めになっているが、手ブレもなく、よく撮れている。

「中庭で、テニスなんてやってるんですね」谷が目を丸くした。

「冬は地面が凍ってしまうので駄目ですけどね」磯辺が言った。「北朝鮮の研究者のほか、外国人も何人かいました。でもテニスなんか撮ってる場合じゃないと思って、フィルムを節約することにしたんです。そのため開発、組み立て棟の外観はありません。これがその内部です」

　山下たちは数々の写真を奪いあうようにしながら見入った。

　飛行機の格納庫に似た広い空間の中、架台に載せられ横たえられている長大な円筒状の物体は、組み立て中の分割されたミサイルだ。手前に立っている人物たちが子供のように見えることから、最も大型の長距離弾道ミサイルだろう。何十本ものケーブルが床を這い、ミサイルと制御システムをつないでいる。

　何段階もの工程に使われている工作機械の一つ一つが写真におさめられている。ぶらぶらと工場見学をしながら撮ったスナップのようだが（というより、まさにそうなのだが）、これは世界の誰もまだ見たことのない画像なのだ。ミサイル工学には素人の山下にも、これがいかに貴重な写真であるかはよくわかった。専門家に分析させれば、北朝鮮のミサイル工程の実相がはっきりするだろう。山下は知らないうちに、首筋に汗をかいていた。

「よくやってくれました」山下は素直な気持ちで磯辺をねぎらった。「正直、これほどのものが手に入るとは思っていませんでした。これで六百万なら安いものです」

そうでしょう。ボーナスをもらってもいいくらいですと、いつもの磯辺なら胸を張るところだろうが、今はなぜか、うかない表情だった。何か言おうとして、言い出せずにいるようだ。やっとこう言った。

「この写真は、見せずにおこうかと思ったんですが……」磯辺はポケットから一枚の写真を出した。それを見た山下は、思わずえっと声を上げた。横からのぞきこんだメンバーたちも驚いた表情になった。

「九州で行方不明になった丸山教授じゃないですか！」山下は言った。

「生きていたんですか。こんなところで！」

「そうです」磯辺はうなずいた。

「ちょうど労働党の幹部が視察に来ていて、科学者は全員、いっしょにならんで写真を撮っていました。でもそれから離れて一人だけ、ぽつんと立ってる人がいて。誰だろうと思ってみたら、丸山さんだったんです。まさかと思いましたが。

僕はびっくりして声をかけました。すると丸山さんは僕をちらっと見ただけでさっさと歩きだすじゃありませんか。

僕は『丸山さん、丸山さんですよね？』と言いながらあとを追いました。すぐわかったんですが、丸山さんは僕を人気《ひとけ》のない、誰にも話を聞かれる心配のない場所に誘導したんです。

僕は丸山さんに聞きました。どうしてここに？　日本と連絡はとってるんですか？丸山さんは横をむいたまま何も言いません。僕は言いました。

『どういう事情があるか知りませんが、一度日本に帰ったらどうです。こんなところにずっといたら――』

丸山さんは急に僕の方を向きました。その顔を見て僕はぞっとしました。無表情なんて言葉ではとてもたりない、感情というものをなくしてしまったとしか思えない顔だったんです。メガネの奥の両目はガラス玉のようでした。その目で僕をまっすぐに見て、こう言いました」


どこにいたって同じだ。私にはもう何もない。

「ねえ山下さん、僕と家族を保護してくれませんか」磯辺は切迫した表情になり、山下の肩を両手でつかまんばかりにして言った。「僕はかれらと縁を切ります。もう誰からもお金はいりません。こんなことはやめたいんです」

「それはもちろん、けっこうなことですが」山下はとまどった顔になって言った。「でも、どうして急にそんな気持ちに?」

「見えたんです、白い線が」磯辺は、ぶるっと肩を震わせてつぶやいた。

「白い線?」

「ここからなら、まだ引き返せるという線です。僕の足はそのほんの少し手前にある。丸山さんの足は、ああ、あの足は、向こう側にあったんです」

日本の諜報部が、北朝鮮のミサイル基地の最新画像を入手した模様。
技術提供の大半は中東からで、日本からの漏洩は軽微。
行方不明になっていた丸山正弘は、北朝鮮国内で生存しているとの情報あり。現在確認

中。

白頭山血統に関しては、すべて予定通り。出国の直前に情報を流す。

4

十月二十二日午前十時、羽田空港国際線待合室。

「今までお世話になりました」吉田英子が山下に頭を下げた。横には正英とシム・ビョンソが立っている。

「何かあったらいつでも連絡をください」山下は言った。

正英はあいかわらず、立ったままゲームに熱中している。

兄の修一と会ったときは、少年らしい感情をむきだしにした一瞬もあったが、今はまたゲーム少年に戻ってしまっている。結局のところ最後まで、何を考えているのかうかがい知れない少年だった。十代前半の男女はみなそうだと言ってしまえばそれまでかもしれないが――。山下はちょっと真琴のことを思い出した。

「くどいようですが、派手な行動はつつしんでくださいよ」山下は英子に釘をさした。

「自分は金正男との間に子供をもうけた、北朝鮮の正統な後継者はこの子だなどとSNS

で発信するのは厳禁です。あなたたち母子のことは北朝鮮に対してはもちろん、韓国の国民に対してさえも秘密にしなければならないんですから。特権階級という意識は捨てて、普通の人として生活することを心掛けてください」

「それがちょっと不満なんですよね」英子は口をとがらせた。「本当のことをなぜ言っちゃいけないんですか?」

「そうすることが、あなたたち親子にメリットの数倍のデメリットをもたらすからです」

山下はこれまで何度も言ったことを辛抱強くくりかえした。

「北朝鮮がこのことを知ったら、あなたがたを放っておくはずはありません。正英君が表舞台に立つべき時がきたと思ったら、シム・ビョンソと相談のうえ、私から必ず連絡しますから」山下はそう言いながら、この母親の内面はかなりあやういことになっていると思わざるをえなかった。

正英が成長したことで、そしてシム・ビョンソから韓国移住のオファーを受けたことで、英子の中には、自分は白頭山血統をもつ子の母親だという虚栄心がめざめたのだ。

誰がいくら忠告しても、この虚栄心はふくれあがりこそすれ、しぼむことは決してない。そしてそれは、いつかは風船のように破裂する――。

山下は、シム・ビョンソの方をちらっと見た。シムの目にも明らかに同じ不安が浮かんでいるようだった。

山下の携帯が鳴った。加藤からだ。

〝山下さん、テレビを、テレビを見てください！〟

山下は携帯の画面をテレビにきりかえた。

臨時ニュースの画面だが、いきなり自分自身の立ち姿が出てきたので山下は驚いた。そばには吉田正英と、兄の門田修一がいる。ひどい手ブレの動画で、顔つきや表情はよくわからないが、先月の二十八日、ディズニーランド近くのホテルで撮られたものに間違いなかった。正英の顔がブレたままストップし、画面下部にテロップが流れた。

〈二〇一七年にマレーシアで暗殺された金正男氏の息子と見られる男性が、千葉県内に日本人の母親と住んでいることが判明　警察と公安が確認中〉

「なんだこれは！」うしろから携帯をのぞいていたシム・ビョンソが仰天して叫んだ。

「なぜ漏れた。誰がリークしたんだ？」

くそっ！　山下は心の中で舌打ちした。あの中国人観光客め――。

だがすぐに思った。いや違う。この画像をマスコミに送ったのが中国人だとしても、それだけでニュースになるはずがない。これは確かに金正男の息子であると太鼓判を押した別の人物がいるのだ。それは――。いや、今そんなことを考えている時間はない。

山下はシムに言った。「大丈夫だ。警察と公安は親子を血眼《ちまなこ》になって捜しているだろうが、出国手続きをすませてしまえば手は出せないんだから。間一髪で脱出というところだな——。さあ、急いで」

山下は吉田母子の背中を押すようにして、出国カウンターへむかうよう促した。

シム・ビョンソは親子とともに歩きだしながら、山下の方をふりむいた。「これがすんだらソウルで〈手榴弾〉の飲みくらべの決着をつけよう」

シムの肩を叩いて送り出した山下は、回れ右をすると出口へ走り、とびこむようにタクシーに乗った。一刻も早く調査室へ戻り、吉田親子のことがどこまで知られているのか調べなければならない。

携帯が鳴った。「週刊桜桃」の藤木稔からだ。こんなやつの相手をしている場合じゃないと思いつつ、山下は携帯を耳に当てた。「もしもし」

〝山下さん、僕はいま床にスマホを置いて、土下座しながら電話してます!〟

「わけのわからんこと言ってないで、さっさと用件を言え」

〝あのネタ、編集長に見られてしまいました〟

「なにっ、北村部長とミス海保のあれか!」山下は座席にすわり直した。

〝編集長がはりきって、自分で記事を書くと言って〟

「バカ野郎、今は来年度の予算組みの時期に入ってるんだぞ！　よりによってこのタイミングであの記事が出たら――」

〝すみませんすみません〟

「発売はいつだ？」

〝明日です。もう印刷機が回ってます。どうしましょう〟

「どうしましょうって――」山下は舌打ちしながら指示した。「さっさとゲラをこっちに送れ！」

　すぐにゲラの画像が送られてきた。

〈海上保安庁装備技術部部長とミス海保の不倫現場を直撃　渋谷円山町、天気晴朗なれども波高し！〉

〈ミス海保、涙の激白『部長はわたしに言いました、おれと寝るのも国防のうちなのだと』〉

　花岡編集長みずからの手になると思われる、意味不明ながらきわめて刺激的な見出しが躍っている。むろん北村部長と深江みどりが腕を組んでホテルから出てくる写真つきだ。

　これを野崎長官に転送してやったらどうなるかなと、山下はふと思った。

　いやよそう。長官は高血圧だから、頭の血管が破れたらことだ。

長官の葬式を出すくらいですむならいいが、これが発売されたら海保のイメージはがた落ちになる。来年度の予算減額は確実だ。海保をあげてリストラになる。情報調査室などは、まっさきに解散になるだろう。

山下は運転手に言った。「行き先変更だ。千駄ケ谷のW出版へ行ってくれ」

三十分後、山下は「週刊桜桃」編集部の応接室にいた。

「やあやあ、どうもお待たせして」まるまると太り、脂ぎった顔をした花岡編集長が出てきた。にこやかな笑顔だが、メガネの奥の目は笑っていない。

「山下さんの噂は聞いています。海保の一匹狼として、課報活動をしておられるそうですね」

「一匹狼だなんて――調査チームの一員ですよ」山下は、よく知っているなと内心舌を巻きながら答えた。

「あなたがここへ来られたわけはわかっています。北村部長とミス海保の不倫を記事にするなというんでしょう?」花岡は言った。

「さすがは花岡さんだ。話が早い。で、記事は止めていただけますか?」

「ご冗談でしょう。もう明日発売で、印刷機が回っているんです」

「あの記事が出たら、海保のイメージはがた落ちです。年間予算も減らされます。リストラが始まります。私のいる部署は、まっさきに潰されるでしょう」

「まことにお気の毒です。しかしうちも商売ですしね。北村部長がこんなことさえしなかったら、うちもこんな記事は出さずにすんだんです。恨むなら私でなく、部長を恨むんですな」

「どうしても、記事を止めていただくことはできませんか」

「せっかくお越しいただきましたが、話はこれまでです」花岡は、もう山下にはまったく興味がなくなったという顔で腰を浮かせた。

山下は言った。「かわりのネタを提供すると言ってもですか？」

「どんなネタか知りませんが、これに見合うものがあるとは思えませんな。では私も忙しいので――」

「ぺくとうさん」山下は言った。

「えっ？」花岡は中腰のまま硬直した。

「金正男の落とし子が千葉にいるというニュースは、ご覧になりましたね」

「それはもちろん。いまウラを取ろうと必死になってるところです！」花岡はがくがくとうなずいた。

「白頭山血統をもつとされる男性は、世界で四人しか確認されていません」山下は言った。

「この間亡くなった金英柱《キムヨンジュ》は除くとして、金正恩、金正哲、金平一《キムピョンイル》、そして金漢率《キムハンソル》。しかしもう一人、五人目の白頭山血統がいます。名前はキム・ジョンヨン。父親は金正男、母親は日本人女性です。そして私は、その母親ときわめて親しい間柄です」

「キム・ジョンヨン！」花岡は、浮かせた腰をどすんとおろした。目がぎらぎら輝いている。「日本人を母に持つ白頭山血統！　噂には聞いていたが、本当にいたんですね。どこにいるんです？」

「それに答える前に、印刷機を止めていただけますか？」

花岡はすごい目で山下をにらみつけた。山下は静かにその視線をうけとめた。時計のコチコチという音だけがしている。

「仕方ありません。こんなことは編集長になって以来初めてですが、おっしゃる通りにしましょう」花岡は肩を落としたが、すぐまた鋭い目つきになって言った。

「そのかわり、明日にでも、キム・ジョンヨンの単独インタビューをさせてもらいます。よろしいですね？」

「もちろんです」山下はちょっと失礼、と言って廊下へ出ると、ソウルへむかって飛んでいる機内にいるシム・ビョンソに電話した。「山下だ。吉田親子のようすはどうだ？」

〝母親はグーグー寝てる。正英はあいかわらずゲームをしてるよ〟わずかなタイムラグの後でシムのリラックスした声が答えた。空調のゴーゴーという音がかすかに聞こえる。

「それはよかった。ところで、急遽『週刊桜桃』が吉田正英へのインタビューをおこなうことになった。明日にでも編集長がソウルへ行くと言ってるので、支度をたのむ」

ぶはっ、と噴出音がした。シムは飲み物を口にしようとして、それを噴き出してしまったのだろう。周囲の乗客が顔をしかめる光景が目に見えるようだ。

〝馬鹿なことを言うな！〟シムは激しく咳き込みながら、怒って叫んだ。

〝今の二人はすでにわれわれの保護下にあるＶＩＰなんだ。君だってわかってるはずだ。それを動物園のパンダみたいに公開しろというのか！〟

「落ち着け。インタビューは十五分間だけだ。おれもその場に立ち会う。二人の所在は伏せる。質問も、おれがあらかじめ用意したものに限定する。写真は一枚だけで、録音録画は残さない。記事のゲラはおれと君とでチェックする。編集者が勝手に加筆しないという誓約書を書かせる。二人のプライバシーは完全に保たれる」

〝それにしても、なぜ急にこんなことを言い出したんだ？〟

ミス海保の件がばれ、それを伏せるためのバーターだとは、さすがに山下も言い出しかねた。かわりにこう言った。「ただでとは言わない。キム・ハンソルの情報を提供する」

〝なに、キム・ハンソルの？〟

「彼が保護されている国と都市の名、それに住居の写真だ。数日おきに場所をかえているが」

〝やはりアメリカか？〟

「それはまだ言えない」

〝確かな情報なんだろうな〟

「おれを信じろ」

この条件には、シムも心を動かされたようだった。しばらく黙ってから言った。

〝いいだろう。ただし、こちらからも条件がある〟


山下は応接室に戻ると、花岡に言った。「オンラインでなら、インタビューOKです」

「オンライン!?」花岡は目をむいた。

「今から二時間後に親子は仁川《インチョン》空港に着きます。空港内のプライベートルームと、ここをオンラインでつなぎます。あなたはビデオ通話でキム・ジョンヨンと――」

「そりゃ困る！」花岡は即座に言った。「相手が本物かどうか、オンラインじゃわかりません。直接顔を合わすのでなければ」

「その気持ちは十分わかりますが、向こうの事情も考えてやってください。親子の安全を最優先に考えなければならないんです。

　予定では、シム・ビョンソは空港から直接ソウル市内の保護施設まで親子を送り届けるはずでした。それを私が頼んで、十五分だけ時間を作ってもらったんです。今回はこれしかチャンスがないんです。相手が本物のキム・ジョンヨンであることは私が保証します。たとえオンラインでも、スクープには違いありません」

「しかし……」

「いずれ対面でのインタビューは実現させます。そのかわり今回はオンラインに限る。これが先方の絶対条件です」

「うーん……」

「これは『桜桃』の独占ネタです。ほかのどの媒体にも漏らさないと約束します」

　花岡はなおもしぶったが、山下は強引に承知させた。

　二時間後、シム・ビョンソの方から花岡のＰＣにビデオ通話がかかってくる。インタビューの時間は十五分。質問内容は山下の用意したものに限る――。

山下が大急ぎで質問のリストを作っているとき、携帯が鳴った。加藤からだ。

〝どこで油を売ってるんです？　吉田親子の件でみんな大忙しなんですよ〟

そうだ、本来ならとっくに調査室に戻っていなければならなかったのだ。この件にかまけてすっかり忘れていた。

〝公安から捜査員が来てるんです。山下を出せって〟

「しかし、ここを離れるわけには――」山下はうめいた。間もなくこの場にシムから電話が来る。インタビューの場についていなければならないのだ。

山下の窮状を知ったのか、花岡が、大丈夫ですよ、と横から言った。

「この場は私一人で十分です。先方のシムという人の言う通りにすればいいんでしょう？山下さんは用事で不在だと、私から説明しておきますから」

「そういうことなら」山下は不本意ながら花岡にうなずきかけ、すぐ行くと加藤に言い、電話を切ると、編集部を出た。走って玄関へ向かう途中、息切れがした。齢だなと山下は思った。それにしてもあわただしい日だ。

タクシーで調査室へかけつけ、公安捜査員への応対にあたった。

もう隠しておく必要もないので、山下は洗いざらいしゃべった。吉田英子が金正男と知り合ったこと、正英を産んだこと、山下が人知れず親子を援助し続けてきたこと……。

捜査員にとってはよほど意外なことばかりだったらしく、ものすごい勢いで山下に質問をしてきた。山下が、もうちょっとゆっくり、などと相手をなだめながら質問に答えているとき、携帯が鳴った。花岡編集長からだった。怒声が山下の耳にとびこんできた。

〝約束の時間を三十分もすぎてるのに、まだ回線がつながりませんよ。まさかドタキャンじゃないでしょうね〟

何だって？　山下は時計を見た。捜査員に質問攻めにされていたため忘れていたが、確かに約束の時間をすぎている。急いでシム・ビョンソの携帯に電話をしたが、応答はなかった。

「シム・ビョンソのＧＰＳを追ってくれ」山下は加藤に命じた。「今どこにいる？」

「それがですね」加藤は懸命にキーボードを叩きつつ、困惑していた。「発信がないんです。携帯の電源が切られているか、そうでなければ、携帯そのものが破壊されているか――」

山下は頭の中で火花が散ったような感覚におそわれた。こんな感じになった時はいつも――。山下は言った。「警視庁の組織犯罪対策第二課を通して、ソウル地方警察庁に問いあわせてくれ。交通事故の情報はないか？」

間もなく回答があった。

空港近くの自動車道路のガード下に、不審なバンが乗り捨てられているのが発見された。中の後部座席にはシム・ビョンソ一人が乗っていた。頭を強く打っており、意識不明の重体。

吉田母子の姿はなし。バンの床に正英のスマホと北朝鮮政府幹部のバッジが落ちていた――。

シムと吉田親子が入国ゲートからまっすぐ、迎えに来ている同僚と合流していれば、この災難には遭わずにすんだだろう。

だが三人は寄り道した。オンラインインタビューのために、ゲートの横にあるプライベートルームへ移動しようとした。短時間のことだと思い、シムは同僚にはこのことを連絡していなかった。その移動の途中を襲われ、同僚の援護をうけられないまま、バンで拉致されたのだ。シムは頭を強打され、母子は別の車で連れ去られた。

しかしなぜ、と山下は思った。この寄り道は、わずか三時間前に急遽決まったことだったのに。山下とシムしか知らないことのはずなのに！

「くそ……」山下はうめいた。「あいつだ。あいつしか！　だが証拠はない……」

山下は目を閉じた。祈るしかない。吉田親子の無事とシム・ビョンソの回復を――。

七章　恐怖工作

十月二十四日午後五時十五分。山下は赤坂の料亭の一室で、富坂義男議員と話している。

「先生の危惧されておられるとおり、北朝鮮のミサイルの精度は急速に上がっています」

山下はそう言いながら、タブレットの画面に磯辺の撮った写真を出した。

「十日前に撮影されたものです。今までのミサイルは先端が丸形でしたが、この最新型は、丸くなく、うねりをもった形状をしています。極超音速ミサイルの特徴とよく似ています。

極超音速ミサイルはマッハ5から6という高速度ですが、問題はこの速度そのものより、この速度を出せる高度が今までよりはるかに低空であること、さらには飛行中に軌道を変えられるということです。この二点により、現在のレベルでは極超音速ミサイルを迎撃することは不可能とされています。

また、この極超音速ミサイルは北朝鮮だけではなく、中国、ロシアもすでに開発に成功しています。兵器開発は国をあげてのレースです。どの国も、よりミサイルの速度をはやめようと懸命になっています。

日本国民をミサイルから守るためには、迎撃ミサイルの精度向上とともに、先生が以前から主張しておられるように、シェルターの建設が不可欠ということになります」

「現実は、常にわれわれの先を走ってしまっているな」富坂はため息をついた。

「今すぐシェルター建設に着手したとしても、百万人を収容できる規模になるまで三年はかかる。それまでの間に、ミサイルはさらに進歩しているだろう。

まあ、愚痴をいっても仕方ない。シェルター建設を議題とするか否かの採決は十日後だ。ぎりぎりまで与野党問わず説得してみよう」

仕事があるので、と富坂に頭を下げ、廊下へ出た山下は、仲居に案内されてこちらへ進んでくる二人の男とすれ違った。

牛を思わせる恰幅のいい初老の男と、天井に頭がつかえそうな長身の白人の男だった。仲居は、山下が今出てきた部屋の前に膝をつき、何か言った。襖があき、二人の男は中へ入った。山下はそのときは別に気にも留めず、そのまま玄関へ向かった。

国会議員である富坂は、人と会うのが仕事なのだ。今夜会わなければならない多くの人間のうちのだれかなのだろう。

あっと思ったのは、タクシーが料亭の前を出てからだいぶ経ってからだった。

あの恰幅のいい男はたしか、大手ゼネコン近藤建設の社長、近藤喜久次だ。いっしょにいた白人は誰だろう？

いやな感じがした。山下は今からでも料亭へ引き返すべきだと思い、運転手にそう告げようとした。だがそのとき携帯が鳴った。

〝新宿署の者ですが、海上保安庁の山下さんですか？〟

「そうです」山下は答えた。

〝いま四ツ谷駅で、あなたの部下だという谷りさ子さんを保護しているのですが〟

「谷を保護？」

〝ホームに列車が入る直前、何者かに線路に突き落とされたそうです〟

1

山下はタクシーの後部座席で、思わずすわり直した。近藤のことは頭からふっとんでいる。「けがの程度は!?」

〝ご安心ください。かすり傷です〟

「四ツ谷駅へやってくれ！」山下は運転手に告げた。

駅の救護室に谷はいた。少し青い顔をしているが、山下が予想していたより落ち着いている。

「線路に手をついたとき、くじいたんです」谷は右手首をあげ、厚く巻かれた包帯を見せた。「電車はもう入線していましたが、ホーム下の退避スペースにもぐりこんだので無事でした」

「くわしく話してくれるか」山下は谷の向かいにすわった。

「上り線に乗るために、ホームに立っていました。列の先頭でした。近くでコンサートでもあったのでしょうか、その帰りらしい若い女の子たちで、ホームはかなり混雑していました。そのせいで、白線より前に押し出されていました」谷は言った。

「電車が入ってきたとき、背後からぽんと肩をたたかれたんです。知り合いを見つけたというように、軽い感じでした。からだごとふりむいた拍子に、横から肩を押されました。それほど力をこめたようではありませんでしたが、あれあれという感じでホーム際まで押しやられ、そのまま線路に落ちたんです」

「姿勢をかえさせ、重心を崩してから突き落とす――。こういうことに慣れてるやつだな」山下はうなずいた。「相手の顔を見たか?」

「一瞬ですが見ました。三十歳くらいの男でした。わたしと目があった瞬間――」谷はすこし言葉を切り、肩を震わせた。

「目があった瞬間、どうした？」山下はうながした。

「にやっと笑ったんです」谷は小声で言った。「あんなおそろしい笑い顔は、初めて見ました」

「モンタージュを作れるか？」

「はい」

「ここでできますね？」山下は警官にたずねた。

「はい」警官は少しあわてながらも、タブレットを出し、モンタージュ作成用の画面に変えた。無線で誰かと二言三言はなしてから、それを谷に差し出した。

画面が頭髪、目元、口元、顎の四つに分割されている。谷はそれを見ながら、無事な方の左手で手早く画面をスクロールし、モンタージュ写真を作りはじめた。

「犯人の目撃情報は？」山下は警官にたずねた。

「谷さんが落とされるのを、近くの数人が見ていました」警官は答えた。「犯人の男はすぐ地下通路へかけこんだそうです。紺色のジャンパーに黒いズボンという服装まではわかりましたが、それ以上は――」

「できました」谷がタブレットをさしだして言った。

頭髪が短く、目の細い、えらのはった男の顔が画面に出ている。

「左の頬に三センチほどの傷がありました」谷は言いそえた。

「彼女の記憶力は正確です」山下は警官に言った。

「これが犯人の顔です。警視庁に送って防犯カメラの映像と照合させてください」

警官は敬礼して、部屋を出ていった。

「国籍ははっきりしないとしても、こいつが北朝鮮の手の者であることは、ほぼ間違いない。おそらく黒百合部隊《フクペクハプ》だ」山下は写真を見ながら言った。

黒百合部隊は、他の特殊部隊と同様に、北朝鮮に不利益を与えるものに対して尾行、内偵、拉致監禁、拷問、脅迫をおこなうが、最も得意としているのは恐怖工作だ。

恐怖工作とは、読んで字のごとく標的となる人物に恐怖を覚えさせ、任務に支障がでるほど精神にダメージを与えることだ。

殺すことはあえてせず、その寸前までおいこむことを何度もくりかえす。それにも屈しないほど標的が強靭《きょうじん》な精神の持ち主である場合は、その家族や友人に、さらにはまったく無関係な人々（いわゆるソフト・ターゲット）にまで害をおよぼし、これはすべて標的の責任であるというメッセージをＳＮＳ上にばらまく。９１１以来のテロの常套手段だ。ガードの固い標的そのものを襲う必要はない。そこらにいくらでもいる、ノーガードのソフト・ターゲットを狙えばよいのだ。

　卑劣とか人道に反するなどという概念は、かれらにはない。祖国への忠誠が唯一絶対の正義だ。普通の人間には決して理解できない感覚の持ち主なのだ。

「命を狙われたからには、わたしもFOXの一員として、あの国に認めてもらえたということですね」谷は気丈に笑みをうかべて言った。

「今夜は自宅には帰らず、ホテルに泊まるといい。それと――」山下は、すこし言いにくそうな顔になった。

「わかってます」谷はうなずいた。「わたしの自宅を調べるんですよね、盗聴器がしかけられているかもしれませんから。散らかっててもうしわけありませんが、自由に調べてください」

「他のメンバーの自宅も調べる」山下は言った。「やつらの手口の特徴として――」

　携帯が鳴った。山下はすこしだけ相手の話を聞いてからちょっと待って、と言い、谷に言った。「急用だ。調査室へ戻る」

「何かあったんですか」谷は心配そうに言った。「顔色が悪いですよ」

「大丈夫だ。じゃ」山下は救護室の外に出た。

　誰にも声を聞かれない廊下の隅まで来ると、保留にした携帯をとりだした。

「芙美子、落ち着いて話せ。真琴と最後に連絡がとれたのは何時頃だ？」

〝真琴がいないの、いないの！〟芙美子はずっと同じことを言いつづけている。〝わからないの、真琴がいないのよ！〟

「頼むから質問に答えてくれ。もう警察には知らせたか？」

〝あなたは翡翠も返そうとしないし。だから真琴がいなくなったのよ！〟芙美子は山下の言うことに耳を貸さず、自分の言いたいことだけをわめき続けている。〝翡翠を返してよ、真琴を返してよ！〟

山下は芙美子と話すのをあきらめた。そして思った。

かれらの手口の特徴として、一時に数カ所、同時多発的に襲撃をおこなう。そのひとつとして、真琴を誘拐したのだ。

山下にはわかっていた。目的は、真琴を傷つけることでも殺すことでもない。北朝鮮へ連れていくことだ。そして――。

山下は背筋に氷を押しあてられたように思った。

あの夢――スクリーンから語りかけてきた、胸に北朝鮮のバッジをつけた二十歳前後の真琴。あれが現実になるというのか!?

2

十月二十五日、午前四時五十五分、山下は疲労のため脂のういた顔で、調査室のホワイトボードにはりつけられた地図をにらんでいる。

地図上には、真琴の自宅がある高円寺を中心とした直径百キロの円が描かれている。真琴との連絡がとだえてから二時間目の時点のものだ。円内には横浜、横須賀、千葉、東京の湾岸エリアがふくまれる。犯人は真琴を連れてどこかの港から船で移動するはずだ。だが――。

だめだと、山下は何度となく思ったことをまた思った。

捜すべきポイントが多すぎる上に、人員と時間は限られている。しらみつぶしに捜したところで、真琴が見つかるはずがない。点から点へとたどっているうちに、犯人はゆうゆうと真琴をつれて出港してしまうだろう。ポイントをしぼるための手掛かりが必要なのだ。だが今は何もない。真琴の写真を各所に渡してあるが、すでにどこかに監禁されているとしたら役には立たない。

ユンジュのときのように、誰かが真琴の居場所を教えてくれないかと山下は痛切に願ったが、無駄なことは自分でもわかっていた。奇跡は二度は起こらない。

自力で捜すしかないのだ。真琴に至る道を。だがそんなものはあるだろうか？　山下は自分の机に両肘をつき、頭をかかえこんだ。

加藤と石竹は警視庁の通信指令センターへ移動しており、この部屋には山下、吉本、水沼の三人だけだった。

吉本は痛ましそうに山下の方を見つめたまま、なんと声をかけたらいいかわからずにいる。水沼は、黙って端末を操作しつづけている。

顔を上げた山下は、窓の外が明るくなっているのに驚いた。もう七時なのだ。無為の時間は何と早く過ぎることだろう。

電車やバスが動き出し、人々は職場や学校へ向かいはじめる。いつもと変わらない朝だ。ただ、山下の娘が消え去ろうとしているだけだ。

あきらめるなと山下は自分に言い聞かせた。あきらめたときが終わりだ。どこかにあるはずだ、真琴に近づく手掛かりが。

真琴との最後のやりとりを思い出せ。渋谷でデートしたときのことを。

真琴は何と言っていた？　ゴジラがどうとか、そんなことばかりだった。何の手掛かりにもなりはしない。

いや、待て。山下の目線が留まった。何もない空中にある何ものかをじっと見つめている。

「吉本！」いきなり叫んだ。「今日は何日だ？」

「えっ？」吉本は目をぱちぱちさせた。

「今日は何日だと聞いてるんだ！」

「十月二十五日だけど」水沼が自分のデスクから言った。

山下は時計を見た。七時五十一分。神はまだ自分を見捨ててはいないようだ。山下はひきつった笑みをうかべた。「あるぞ」

「えっ？」吉本と水沼が同時に言った。

「あるんだ。真琴がどこにいようとつかまえる方法が、ひとつだけ！」

山下は警視庁に詰めている加藤に連絡し、新宿三丁目伊勢丹付近の防犯カメラをリアルタイムで重点的に監視すること、そしてその場所に私服警官を配備させるように指示した。

〝伊勢丹に何があるんです？〟加藤は、不審そうにたずねてきた。

〝なぜこの場所なんですか？〟

「バクチだ」山下は短く答えた。

〝バクチ？〟

「いいから防犯カメラから目を離すな」加藤との通話をそのままに山下は吉本に言った。「長官に、SSTのスタンバイを頼んでおけ」

「SST?」吉本は目を見張って言った。

「そうだ。真琴の居場所がわかりしだい強行突入をかける。向こうは当然武装しているだろうからな」

SSTは対テロリスト用の訓練を受けた海保の特殊部隊で、海上を高速で逃げる工作船をヘリで追跡し、ロープで甲板に降下して銃で工作員を制圧するといった荒業を、簡単にやってのける猛者ぞろいだ。今回のような場合にはまさに適任だった。山下自身もかつて、このSSTの小隊長をつとめていたことがある。

「しかし、真琴さんの居場所はまだ――」吉本は言いかけたが、山下は大声を上げて黙らせた。

「もうすぐわかる!」

「なぜそう断言できる?」

「早く長官にSSTをスタンバイさせろ!」

「見切りでSSTは出せない。君だってわかってるはずだ。娘さんを思う気持ちはわかるが、今の君は少し――」

〝山下さん、来ました！〟加藤の声がした。

〝伊勢丹近くのカメラに顔認証該当が出ました。送ります〟

「こいつは！」送られてきた防犯カメラのリアルタイム映像を見て、吉本は驚きの声を上げた。

「谷を線路に突き落とした男じゃないか。モンタージュ写真にそっくりだ。なぜこいつがここに？」

モンタージュの男は、二十代と見られる男と二人連れだった。人混みの中を、メモらしい紙を手に、周囲を見回しながら歩いている。何かを探しているようだ。

「何を探してるんだ？」吉本がたずねたが、山下は無視し、加藤に言った。

「そいつは逮捕するな。尾行するんだ」

〝了解。捜索班に伝えます〟

伊勢丹の向かいにある洋菓子店の前には、開店を待つ客の行列が出来ている。二人の男は行列の最後に並んだ。九時の開店と同時に行列が動き出し、二人の男は十五分ほどたって店内に入った。やがて紙袋を持って出てきた。

「捜査員を店に行かせろ。指紋が取れるかもしれん」山下は言った。

〝了解〟

二人の男は来た道を戻り、再び地下道へ入ろうとしている。

「二人を追え」山下は言った。「絶対に見失うな！」

数分後に連絡が来た。〝二人のうち、一人の指紋に該当がありました。もと半グレグループのメンバーで、窃盗、振り込め詐欺の受け子などで逮捕歴があります〟

「日本人か。モンタージュの連れの方だな」吉本がつぶやいた。「これでこいつは確保できたも同然だ」

二人の男は地下鉄とバスを乗り継いで江東区有明の湾岸エリアに向かった。最終的に向かったのは港ではなく、港から二キロほど離れた松林の近くにある廃業したラブホテルだった。風雨にさらされて屋根や壁面がところどころ崩落し、パラダイスという看板の一部が欠けて「ラ　イス」になってしまっている。

〝二人は紙袋を持ってホテルに入りました〟加藤から連絡が来た。

「よし、ここだ」山下はうなずいた。「真琴はここにいる」

「どうして、あの二人があの菓子店に行くとわかったんだ？」吉本がたずねたが、

「その話はあとだ。ＳＳＴはスタンバイしてるな？」

「ああ。隊長は八幡雄一だ。たしか君の道場の生徒だったな」

「八幡か。あいつなら上等だ」山下は言い、部屋を出ようとした。

「どこへ行く？」吉本は呼び止めた。

「決まってるだろう。ＳＳＴに合流して突入に参加するんだ」山下は答えた。

「馬鹿なことを言うな！」吉本は叫んだ。「君はＳＳＴを離れて十年近くになるんだ。もうあそことは関係ない」

「ＦＯＸの室長として独断で参加する。あとでいくらでも処罰は受ける」

「君はこの十年弱、チームの一員としての訓練を受けていない。いきなりわりこんでも、向こうが迷惑するだけだ」

「娘の命が危ないのに、ここでじっとしていろというのか！」

「その通りだ。何もせずここでじっとしていろ！　ＳＳＴを信頼してまかせるんだ。それが真琴さんを助けるただひとつの道だ」

　山下はものすごい目で吉本をにらみつけた。今にも吉本にとびかかって噛み殺しそうだ。吉本も今度ばかりは一歩もひかず、山下をにらみ返している。揮発したガソリンが部屋に充満したような緊張感の中、水沼だけは、われ関せずとばかりに仕事を続けている。

　山下は、ふっと肩の力を抜いた。「君の言う通りだ。こんなことで冷静さを失うなんて、まったくどうかしている。ちょっと外の空気を吸ってくる」

「ああ。そうしろ」

外へ出ようとした山下は、デスクの隅にスポーツサングラスが置いてあるのに気づき、取り上げながら水沼にたずねた。「これは、この間のやつの改良型か？」

「それは、今じゃなくてもいいんだ」水沼があわてたように言った。「あとで、落ち着いたときにでも」

「気をまぎらわせたいんだ」山下はサングラスをかけ、部屋を出た。

屋上へ出て新鮮な空気を吸うつもりだったが、緊急出動にそなえて待機している何機ものへリが爆音をたてており、イライラがつのるだけだった。山下は階下のカフェテリアに移動した。

昼休みなのでカフェテリアは半分ほど席が埋まっていた。山下は隅の方の席に座った。コーヒーの入った紙コップをテーブルに置くと、それに手をつけることもしないまま、ポケットの中のワイヤレスパッドに触れた。

指先でパッドを叩く。モールス信号だ。

〈－－－－－（コ）・・－・（チ）・・・（ラ）・－－（ヤ）－・・・－（マ）－－・－・（シ）－・（タ）〉

すぐに音声で返事が来た。サングラスの耳元に骨伝導で伝わるので、外に声はもれない。

〝水沼です。感度はどう？〟

〈ヨク　キコエル〉山下はモールスで答えた。モールス信号は送信過程でカタカナに変換され、先方に文字表示される。

サングラス形の通信機はすでにありふれたものだが、周囲に知られないように受信はできても、送信ができないのが難点だ。水沼が知恵をしぼったこの通信機は、骨伝導で受信しつつ、モールス信号によって文字送信ができるというものだった。これなら目の前の人物と話をしながら、その人物に知られることなく本部と連絡をとることができる。

〈SST　ト　ツナガル　カ〉

〝ちょっと待って〟

山下は紙コップのコーヒーを飲んだ。もうぬるくなってしまっている。

通信機のテストをしていれば気がまぎれると思ったが、ちょっと間があくと、考えまいとしても考えてしまう。

真琴はまだ生きているのか。生きているあいだに救出することができるのか？

ユンジュのときとは違うのだと山下は自分に言い聞かせた。SSTは優秀だ。真琴が救出される可能性は高い。問題はSSTと誘拐犯人が接触した瞬間だ。犯人がSSTと交戦するより真琴を殺す方を優先させたら――。

〝山下さん、八幡です〟骨伝導で無線連絡が来た。SST突入部隊のリーダーだ。山下より十歳年下で、数年前まで山下が指導員をしていた道場で格闘術の手ほどきをしたことがある。走行中の車内にいるのか、エンジン音がかすかに聞こえる。

〝突入隊に参加させろとゴネたそうですね〟

山下はモールスで答えた。〈トシヨリ　ノ　ヒヤミズ　ダ　ワスレロ〉

〝一九七〇年代の和文タイプライターで返事されてるみたいだな〟八幡は笑って言ったが、すぐに口調をあらためた。〝山下さん、真琴さんは必ず救出します。もう少しだけ辛抱してください〟

〈ゲンザイ　イチ　ハ〉

〝間もなくホテルの前に着きます。突入のようすは逐次伝えます〟

了解、と答えようとしたとき、山下は誰かがこちらに近づいてくるのを感じた。

古賀孝俊次長だった。山下が立ち上がって敬礼しようとするのを手で制し、山下の座っているテーブルの前に立って言った。「ちょっといいか?」

「ええ、どうぞ」

古賀は山下の向かいにすわった。むかし学生柔道の王者だった古賀は、六十歳の今でも肩幅がひろく、冷蔵庫が目の前にすわっているようだ。広い額に細い目をしている。穏やかな目だが、意志的な光を秘めている。

「真琴さん、心配だな」古賀は言った。

「はあ、どうも」山下はうなずいた。

「心配するな、ＳＳＴにまかせておけ」

いま真琴を救出しようとしているＳＳＴは、当然のことながら古賀次長の指揮下にある。八幡をはじめとする突入隊員たちは、出動する際に古賀から激励をうけたことだろう。

「調査室へ行かないのか？　現場の動きがわかるぞ」古賀は言った。

「いえ、じつは――」いま無線でＳＳＴの実況を聞いているところなんです、と山下は言おうとしてやめた。

「なんだ？」古賀は細い目をさらに細めた。

「いえ、なんでも」山下はそう言ってごまかしつつ、なぜ自分はごまかしているのだろうと思った。

違和感をおぼえたからだ。

なんの違和感だ？

古賀だ。なぜ古賀はここにいるのだろう？　山下はさりげなく左手をポケットに入れ、指先でワイヤレスパッドに触れながら思った。

なぜも何もないさ——。山下は思った。

おれを心配してくれてるからに決まってるじゃないか。ほかに何がある？

何もありはしない。たぶん。だが本当にそうだろうか？

カフェテリアは混んできていた。人々の話す声、笑う声、食器のふれあう音がする。山下は古賀と会話を続けている。

「ご心配いただいて、どうも」山下は言った。

「作戦が終わったら、すぐ連絡が来ることになっている」古賀は山下にうなずきかけた。「大丈夫。真琴さんは助かる。最悪、籠城という事態にはなるかもしれないが、ＳＳＴはそういうのには慣れてる。大丈夫だ」

「ええ」山下はひきつった笑みをうかべた。「私は誰よりもＳＳＴの実力を知っているつもりだったのに、こういう時になると……」

「親として当然だ。私は正直、君がこれほど娘さん思いだったことを知って感動してるんだ」

〝誰かと話してるんですか？〟八幡がたずねてきた。こちらの音声は向こうには届かない。

山下はモールス信号で答えた。

〈コガ　ジチョウ〉

〝いったん切りましょうか？〟

〈イヤ　コノママ〉

〝いまホテルの中を探っています。犯人は五人です。目隠しをされて縛られた女の子がいて、おそらく真琴さんと思われます〟

〈ブキ　ハ〉

〝拳銃を持っています。手榴弾、火炎瓶などの爆発物は持っていないようです〟

よかったと山下は思った。どさくさにまぎれて爆発が起きる心配はなさそうだ。

〝向こうはこちらに気づいてはいません。無警戒です。機を見て突入を指示します〟

山下はさりげなく時計を見た。十二時四十五分だ。

「真琴さん、いま十四歳だったな」古賀は言った。

「えっ？　ええ、そうです」山下は、あわててうなずいたが、そうしながら、またしても奇妙な違和感をおぼえていた。

「いまの中学生は、われわれが中学生だったときとは、考え方も感じ方もまるで違うんだろうな。われわれのときはインターネットもスマホも、影も形もなかったわけだし」

「ええ」

「真琴さん、好きな食べ物は何なのかな？」

「クレープとか――。あの、次長、もうしわけないのですが、はずしていただけませんか。一人で考えたいんです」

普段の古賀なら、ああすまんと言って立ちあがるはずだった。

だが古賀はまだすわったままでいる。じっと山下を見つめたまま。

瞬間、山下は周囲からすべての音が消えたような感覚をおぼえた。

山下は思った。もしかしたら――。

「どうした？」古賀はたずねてきた。「気分が悪そうだな。誰か呼ぼうか？」

「いえ、結構です」

「大丈夫か？」

「はい」山下はそう言いながら、さっきからおぼえていた違和感の正体が何なのか、ようやくわかった気がした。

古賀の目の奥に、山下は見たのだ。異様な色の炎を。

山下を気づかう目の色ではない。期待している目だ。

期待？　何を？　山下は自分自身にたずねた。

作戦終了の瞬間の、おれの顔だ。もう一人の山下が答えた。

真琴が無事救出されたと知って、安堵するおれの顔か？

違う。真琴が死んだことを知って悲嘆にくれるおれの顔だ！

「落ち着いたら、真琴さんと二人で旅行でもしたらどうだ？」古賀は言った。「君もしばらく休暇をとってないんだろう？　西伊豆に私の別荘があるから使うといい」

「ありがとうございます」山下はそう言いながら、馬鹿なと思った。この次長が真琴の死を望んでいるだと？　なぜそんな馬鹿げたことを考えるんだ。

目だ。目を見ればその者の考えていることがわかる。

〝ホテル内にみょうな動きがあります〟八幡の緊張した声がした。

〈キヅカレタ　ノカ〉山下は古賀の顔を凝視しつつモールスを送った。

〝それはないと思いますが〟

〈キヲ　ツケロ〉

〝わかってます。ただ突入のタイミングをずらした方がいいかも――。山下さん、聞こえていますか？〟

聞こえてはいたが、この瞬間、山下はおそろしくてたまらなかったのだ。目の前の古賀の顔が！

「そろそろ突入の時刻だな」古賀は腕時計を見てから、山下にうなずきかけた。「心配はいらない。大丈夫だ」

しかしその目はこう言っているのだ。

——心配はいらない。真琴さんはもうすぐ死ぬから。

なんてことだと山下は思った。北朝鮮工作員によるどんな恐怖工作より、同じ海保の一員である古賀の顔の方がおそろしいとは！　山下にとって初めて味わう種類の恐怖だった。

なぜそんな風に思う？　山下はもう一人の自分自身にたずねた。古賀はおれにとってかけがえのない庇護者ではなかったのか？

人間は演技をするものだ。あの庇護者ぶりはすべて演技にすぎなかった。

なぜそんな演技を？

そんなこともわからないのか。許していないからだ、古賀高士を死に追いやったことを。許していると何度も言ってくれたじゃないか。仕方のないことだったんだ、気にするなと。

あれは嘘だ。本心では、おれに復讐しようと虎視眈々だったんだ。

ことあるごとにおれをかばったのもポーズだったというのか？

その通り。復讐するためにはおれを海保内にとどめておく必要がある。手元から離れてしまったら、やりにくくなるからな。

「顔色が悪いな。コーヒーを持ってきてやろうか？」古賀が言った。

「いえ結構です」山下は答えた。

疑心暗鬼だ。証拠は何もない。

証拠ならある。この目の光だ。

錯覚かもしれないじゃないか。いまのおれは真琴を心配するあまり平常心をうしなっている。疑う必要のないものまで――。いいだろう、百歩ゆずって、真琴が死ぬことを古賀が期待しているとしよう。だがそんなことには絶対にならない。ＳＳＴはきっと真琴を助けるからだ。古賀は肩透かしを食う。そうなるだろうということは、古賀だってわかっているはずだ。

ところが古賀の目は、そうは言っていないんだ。

真琴は死ぬ。そう信じている。真琴は死に、おれは泣きわめく。そうなることを確信しているんだ。

山下の中で、あるおそろしい想念が形をとりつつあった。逆回転の映像を見ているように、こなごなに砕けた破片がひとつにまとまっていく。

なぜだ。なぜ真琴が死ぬとそれほど強く確信できる？　それは、それは——。

山下の耳元で、パン、パンという音が二度した。遠く離れた音だ。山下は首筋の毛が逆山下は首筋の毛が逆立つような気がした。この銃声は——。

八幡、と山下は思わず声を上げそうになった。その瞬間、八幡の声がした。

〝いま突入を指示しました〟

山下は反射的に腕時計を見た。一時六分——。

山下が真琴といちばん仲のいい友達でいられたのは、彼女が四歳から五歳になるまでの一年間だった。

その年の冬、真琴はカゼをこじらせて入院することになり、山下は毎晩見舞いに行った。六人部屋の、カーテンで仕切られた一角に真琴はいた。山下がくるのは夜遅くなので、目を閉じて寝息をたてている。

山下は枕元に小机を置き、真琴に光が当たらないよう、ライトにタオルをかぶせて書類仕事をした。仕事が終わるとライトを消し、すわったまま朝まで眠った。真琴はもう熱も下がっているので心配はないのだが、山下は、夜通し娘のそばを離れない。それにはわけがある。

山下がうとうとしていると、パパ、と呼ぶ小さな声がする。

目をあけると、真琴がからだを横向きにしてこちらを見ている。

「おしっこか?」山下が小声で聞くと、真琴はすこし恥ずかしそうにうなずく。

山下は真琴に自分の上着を着せ、おんぶしてトイレに向かう。

この病室からトイレまではけっこう距離がある上に、夜間は照明が落とされてしまうため、子供にとっては恐怖の廊下なのだ。誰もいない真っ暗な廊下の向こうでかしゃん、と金属製のものが落ちる音がすると、大人でも心臓が止まりそうになる。

真琴は父親の背中にかじりついているが、トイレの前まで来ると飛び降り、トイレにかけこんでいく。山下は壁にもたれて待っている。

ドアがあき、真琴が駆けよってくる。山下が「手は洗った?」と聞くと、しまったという顔になり、あわててトイレにとってかえし、また駆け出てくる。

再び真琴をおんぶして病室への帰途につく。真琴は足をばたばたさせ、「ほし見よう、ほし!」と言う。

山下はちょっとだけだぞ、と言い、真琴をおんぶしたまま屋上に出る。真琴は首をねじって夜空の星を見上げる。

あの寒い屋上で真琴をおんぶし、二人で星を見ていたときが、おれの人生でいちばん幸福な瞬間だったのかもしれないと山下は思った。

いつか真琴が結婚して子供を産んだら、その子をおんぶして星を見上げることができるだろうか。そのときのおれはすでに老人だろうが――。

「山下」古賀の呼ぶ声に、山下は顔を上げた。目の前に古賀の顔があった。

なんの表情も浮かんでいない顔だ。古賀は言った。

「たったいま、SSTから作戦終了の連絡が入った。犯人は全員拘束したが、真琴さんは遺体で発見されたそうだ」

「本当ですか？」山下は言った。

「隊長が直接報告してきた。間違いない」

「そうですか」山下は右手でゆっくりとサングラスをはずし、古賀を見た。

古賀の顔には、驚くべき表情があらわれていた。

小躍りするような色と、ひどい自己嫌悪とが、二つの映像をオーバーラップさせたように交互にあらわれているのだ。これが、復讐をとげた者の顔なのだろうか。

どうしてもしなければならなかった復讐だが、それを成しとげた時、気づくのだ。そこに喜びはない。あるのはただ――。

古賀は立ちあがると、山下に背を向け、すこしだけ振り返って言った。

「これでわかっただろう。自分の子供を失うというのがどういうことか！」

震える声でそう言うと、よろめく足取りでカフェテリアを出ていった。

山下はしばらく動かずにいた。

再びサングラスをかけると、モールスを送った。

〈コチラ　ヤマシタ〉

〝こんなことが、あるもんなんですねえ〟山下の耳元で、八幡のため息まじりの声がした。

〝突入直前にメンバー全員の態度をチェックしろと言われた時は、正直何を言ってるんだと思いましたが、言われた通りにしてよかったですよ。一人、あきらかに挙動の不審な隊員がいたんです。そいつは突入には参加させず、いま拘束して事情を聴いています〟

〈マコト　ハ〉

〝もちろん無事です。古賀次長一人をひっかけるために、警察にも海保にも嘘の報告をしたので、これから訂正しなきゃなりません。こっぴどく叱られるでしょうが〟

〈スマン　コンド　オゴル〉

〝真琴さん、パパに会いたがってますよ〟

〈パパ　ト　ヨンダ　ノカ〉

〝ええ。ほかに何て呼びようがあります？〟

突入からはずされたＳＳＴ隊員は、古賀次長からひそかに命令されていたのだろうか。突入と同時に誤射と見せかけて人質の関川真琴を射殺せよと。

本人の口からそれを聞くことはできなかった。隊員は見張りの隙を見て、隠し持っていたプラスチック片で頸動脈を切って自殺してしまったのだ。

その翌日、古賀は次長の職を辞し、海保から去った。

真相は藪の中となった。それでいいと山下は思った。これ以上追及する必要もない。あのとき古賀は、山下に自分と同じ苦痛を与えたと信じることができたのだから。たとえそれが一瞬の錯覚であったとしても。

山下はあらためてぞっとする思いだった。

もしあの時、吉本の制止をふりきってＳＳＴと共に現場に突入していたら――。

自分は古賀と対面することはなく、古賀の真意を知ることもなかった。何も知らないまま、真琴が射殺される瞬間に立ち会う事になったかもしれないのだ！

「もう会えないと思った？」真琴はアイスクリームを口に運びながら言った。

「あたしが北朝鮮へ連れていかれると思った？」

「もしかしたらな」山下は言った。真琴と会う時はどうしていつもこういう素っ気ない態度になってしまうのだろうと、自分で自分に嫌気がさしている。

十月三十日、午後五時。二人がいるのは、いつもの渋谷のパーラーではなく、有楽町駅に近い別の店だ。

真琴は救出された直後は衰弱していたが、数日たった今は落ち着いている。そしてもと通り口の悪い少女になっている。

「あんたが思い出してくれるかどうか、心配だったけどね」真琴は言った。

「あたしが、十月二十五日の開店初日限定のゴジラクレープを食べたがってたことを」

真琴は監禁されている間に、か弱い少女ぶりを全力で発揮し、さめざめと泣いてみせたのだ。日本を離れる前にあのクレープを食べたいんです。初日限定なんです。おじさんお願い――。

工作員たちも、それぐらいならと思ったのだろう。男二人に命じて、クレープを買いに行かせたのだ。そこに監視の目が待ちかまえているとも知らず――。

真琴もまた賭けたのだ。父親が自分の放った一手に応えてくれることに。

「ママは、あたしがさらわれてる間、ずっと鎮静剤をうたれて眠ってたんだって」真琴はうんざりした顔をしながら言った。「あたしの顔を見て、幽霊だ、近寄るなだって。ああいう母親の姿を見ると、早く家を出て独立しなきゃって思うね」

「いっそおれと暮らすか?」

「ごめんだね。あんたと一緒じゃ、またああいうことになるに決まってるし」

「父親をあんたと呼ぶな」山下はそう言いながら、すこし離れたところに立っている私服警官の方をちらっと見た。

真琴が外出するときは、本人に気づかれないように、護衛をかねた監視をつけている。危機が去ったとはいえ、北朝鮮工作員が駆逐されたわけではない。恐怖工作はまだ続行中かもしれないのだ。

アイスクリームおかわりしてもいい、と真琴は言いかけたが、その声は、突然鳴りだしたサイレンの音にかき消された。

〝政府からのお知らせです。Jアラートが発令されました。くりかえします。Jアラートが発令されました〟スピーカーから女性の声が流れだした。

〝今から数分前、北朝鮮から弾道ミサイルと思われる飛翔体が発射されました。目標は東京都中心部と推定されます。

ミサイルが地上に到達するまであと七分です。現在アメリカ軍と海上自衛隊が迎撃作戦を実施していますが、着弾した場合に備え、ただちに避難行動をとってください。

屋外にいる場合には、ただちに近くの頑丈な建物や地下に避難してください。また、近くに適当な建物などがない場合には物陰に身を隠すか地面に伏せて頭部を守ってください。屋内にいる場合でも、できるだけ窓から離れて、できれば窓のない部屋に移動してくださ
い〟

「やれやれ、とうとう来たか」真琴はため息をついた。

4

「こっちだ」山下は真琴の手を取り、立ちあがった。私服警官にも目で合図を送る。私服は目で答え、山下たちとすこし距離をとって、小走りについてくる。

あたりにいた人々は一本の流れとなって動いていた。ビルの入り口や地下道へ吸い込まれていく。

山下たちは地下鉄有楽町駅へ通じる階段を下りた。改札口の前は人でいっぱいだった。

駅員がスピーカーで人々を誘導している。

山下と真琴は売店のそばで立ち止まり、からだを寄せあった。目の前では人々が、ここで立ち止まろうかどうしようかという感じでうろうろしている。山下は腕時計を見た。

Jアラートが出てから二分が過ぎている。スカッドミサイルなら、迎撃に必要な高度に降下してくるまで、あと二分。新型の極超音速ミサイルなら、もっと早いかもしれない。いや、迎撃されにくいように、滑空しつつ進路をジグザグに変えてくるから、むしろ遅いだろうか。

すでにSM－3ミサイルが弾道ミサイルに接近しているはずだ。撃墜に成功すればよいが、失敗した場合、弾道ミサイルは宇宙空間から大気圏に再突入し、マッハ10以上の高速で落下を開始する。そうなったら第二次防衛網である陸上移動型ミサイルPAC－3の出番だ。ただこのミサイルは射程距離が二十キロと短い上に、日本国内における配備数が少ない。

PAC－3が配備された十八エリアを中心とした半径二十キロの範囲に弾道ミサイルが接近してくれた場合のみ、迎撃態勢に入ることができる。だがエリアに入らなかった場合、または――考えたくはないことだが――ミサイルが最新式の極超音速タイプだった場合、はたしてPAC－3で対応できるか……。

「この場所で大丈夫なの？」真琴がたずねた。さすがに少し不安そうな顔をしている。

「地上よりはな」山下は言ったが、これは正しい答えではない。

もしこの真上の路上にミサイルが着弾すれば、スカッドタイプであってもやすやすとアスファルトを貫通し、この地下まで到達する。ミサイルに特化したシェルターでないかぎり、人々の命を守ることはできないのだ。迎撃高度まで一分。

三十秒。二十秒。十、九、八、七……。

「最後にパパって呼んでほしい？」真琴が言った。

「あんたでいい」山下は答えた。

スピーカーから、明るいメロディが大音量で流れ出した。

〝避難訓練にご協力いただき、ありがとうございました。どうぞ地上へお戻りください〟

「結局、ミサイルはどうなったわけ？」真琴は、ざわざわと動き出した人々の中を山下とともに歩き出しながらたずねた。

「迎撃されたという想定なんだろうな」山下は答えた。

「本番でも、こんな感じなわけ？」

「だといいがな――。今日はもう帰ろう」

いつもならここで別れるのだが、場合が場合なので、山下は高円寺にある真琴の自宅まで送っていった。私服警官も距離をおいてついてくる。

真琴が家の中に入るのを見届けると、山下は私服警官に挨拶した。「毎日大変ですが、警護のほう、よろしくお願いします」

「大変といえば、もっと大変なことが起きてますよ」私服は妙なことを言った。「ニュースを見ましたか？」


シェルター法案の裏に、大物政治家とゼネコンの裏取引？


北朝鮮のミサイル対策をめぐり、安全保障上の観点から全国にシェルターを建設することの賛否を問う国会採決を三日後に控える中、シェルター法案推進派の筆頭である富坂義男議員と、大手ゼネコン近藤建設の近藤喜久次社長が極秘に会談していたことが明らかになった。

両者は、シェルター法案が可決されれば国内でのコンクリートの需要が高まるなど、法案可決後のビジネスについて意見交換をしていたと見られる。

警視庁は富坂議員と近藤社長から、任意で事情を聴く方針。

山下はこのニュースを見るなり、しまったと思った。

あのとき廊下ですれちがったのは、やはり近藤社長だったのだ。そして一緒にいた、あの白人男性！

すぐ料亭に引き返すべきだったのだ。それをしなかったばかりに――。

山下は富坂の携帯に電話した。

〝やられたよ〟富坂の疲れた声がした。

〝近藤社長とは面識があるが、誓ってビジネスの話などしていない。近藤君がたまたま近くに来たというので、挨拶を交わしただけだ〟

「一緒にいた外国人は何者です？」山下はたずねた。

〝知らん、あのとき初めて会った。近藤と商談をしているビジネスマンだと自己紹介した。あの男が、私に会わせろと近藤に頼んだらしいんだ〟

「もうしわけありません先生、私がついていていながらこんなことになって」

〝私が軽率だったんだ。君の責任じゃない〟

「シェルター法案はどうなります?」

〃とりあえず、今度の議題からは除外されるだろうな〃

くそっ! 山下は唇を噛んだ。大久保幹事長はこの瞬間、高笑いしているに違いない。

この記事の裏にシェルター派を目のかたきにしている幹事長の思惑があることは明白だが、証拠は何もない。もう少しで第一歩を踏み出せるところまで来ていたシェルター建設が、一気に遠のいてしまった。最悪の展開だ。

だが、山下は間違っていた。もうひとつ、とどめというべき最悪が待っていたのだ。


「今月末をもって、FOXは解散する」次の日の朝、野崎長官は、整列した山下たちに向かって無表情で言った。「組織編制会議の決定だ」

5

急な解散の通告にも、六人のメンバーは動揺した態度は見せなかった。上層部の意向でいつ解散させられてもおかしくない部署であることは、みんな承知している。たださすがに落胆の色は隠せなかった。若い谷や加藤などは、小さくため息をついた。

「解散の理由は何です？」山下がたずねた。

それは、と野崎は言いかけたが、山下は、ああいいですいいです、と手でさえぎった。

「理由なんかどうとでもつけられる。どうせ大久保幹事長の差し金でしょう」

「長官の力で、なんとかならなかったんですか」石竹が、あきらめきれないという顔で言った。「長官でも、政府与党の幹事長にはさからえないんですか？」

「予算だよ、予算」ちぎって捨てるような口調で水沼が言った。

「海保隊員一万三千人と、その家族を食わせていく責任が長官にはあるんだ。そのための予算をわけていただく責任がね。その財布の紐を握っているのが幹事長である以上、どうにもならないのさ」

「きのう、Ｊアラートの避難訓練に参加してきたんですがね」山下は言った。

「あらためて思ったんですが、シェルターは絶対に必要です。しかしシェルター建設案はいま白紙になっている。われわれが解散すれば、永久に白紙のままかもしれないんですよ。それでいいんですか？」

「それについては、防衛省は成算があると言っている」野崎は言った。

「成算？」

「アメリカ軍は、対極超音速ミサイル用の迎撃ミサイルの導入を決めた。R社が開発に成功したそうだ。軍による実験も、実戦配備にゴーサインを出せる程度まで成功したらしい」

「本当ですかそれは?」山下は首をかしげた。

「私のアンテナには、そんな情報はまったく入ってないんですがね」

「君のアンテナにひっかからない情報だってあるだろうさ——。在日米軍も、この新迎撃ミサイルをいつでも配備する用意があるとしている。大久保幹事長から聞いた話だがね」

「シェルターは廃案になる、新型ミサイルは配備できる、大久保幹事長にとっては春爛漫ですね」加藤が肩をすくめた。「われわれFOXには冬ですが」

「かりに新迎撃ミサイルが配備されたとしても、向こうはまた、さらにそれを上回る高速ミサイルを開発するだけですよ」石竹がため息まじりに言った。「果てしのないイタチごっこだ。儲かるのは軍需産業と、そこからキックバックをもらう政治家ばかりというわけです」

野崎はそれには答えず、背をむけようとしたが、ふとふりむいて言った。

「磯辺教授が北朝鮮から持ち帰った写真を見たが、じつに見事なものだ。

極超音速ミサイルを建造中の動かぬ証拠だ。ミサイルのほぼ全性能を把握できそうだとの、分析担当の話だ。また、大勢の研究者の顔がうつっていたのも収穫だ。公安調査庁が顔認証システムを使って、各国の研究者との照合を進めている。日本や欧米での学会にひんぱんに出席しつつ、北朝鮮との関係についてはノーコメントを通していた研究者が何人もうつっていたそうだ。リスト作りがこんなにわくわくするのはひさしぶりだと、公安は喜んでいたよ。

今までこうした情報は、われわれが西側諸国の諜報機関から受け取る一辺倒だったが、初めて海外に『輸出』できるレベルのものを手に入れたわけだ。その立役者であるＦＯＸが解散するのだから、ＣＩＡもＢＮＤもモサドも首をひねるだろう。私も本当につらい。君たちは信じてくれないかもしれないが」

十一月二日、午後八時、都内某日本料理店の和室。

テーブルの上ではスキヤキがぐつぐつ煮えているが、吉本も、石竹も、谷も、加藤も、箸を出そうとしない。水沼ひとりだけが、大口をあけて肉をぱくついている。

「よくそんなにうまそうに食べられますね」加藤があきれて言った。「ＦＯＸが解散したっていうのに」

「しんみりしたって仕方ないだろ」水沼は肉と玉子を混ぜながら言った。「物事にはいつか終わりが来るんだ」

「その通りだ。もっと陽気にやろう」吉本は声を励まして言った。

「この六人が顔を合わせるのはこれが最後なんだから――。おっと、まだ五人か」

「山下さんはどうしたんです？」谷はたずねた。「ＦＯＸの室長だっていうのに、こんな時まで欠席ですか」

「もしかしたら、あの人のことを買いかぶってたのかもしれないな」石竹がビールのグラスを握りしめて言った。すでに酔っているのか、顔が赤い。

「えっ？」谷は石竹に聞き返した。

「あの人はなんだかんだ言って、世渡りがうまい」石竹はやけになったようにビールの栓を抜き、乱暴にコップにそそぎながら言った。

「ＦＯＸがなくなっても、またどこかから誘いが来る。誘いが来なければ、自分から売り込めばいい。案外今頃、大久保幹事長に酌でもしてるのかもしれないぜ。もうシェルターは終わりです、やっぱり何といってもミサイルですよ、ってな」

「何を言うんです」加藤がすこし大きな声で言った。「山下さんはそんな人じゃ――」

「ないと言うのか？　ならなぜここにいない？　いくら忙しいといっても、最後の時くらい、仲間と一緒に過ごしたってよさそうなもんじゃないか」

「なにか、あの人なりの考えがあるんですよ」

「どんな考えだ？　すでにＦＯＸの解散は決まったんだぞ。今さらどんないい考えがあるっていうんだ？　ええ、聞かせてくれよ、加藤先生よォ」

「あんた、スキヤキも食べないうちからずいぶん酔ってるね」水沼が口をもぐもぐさせながら言った。「すこし食べたら？」

石竹は、それに答えずに立ちあがった。「帰ります」

「えっ、まだ始まったばかりだぞ」吉本が驚いて言った。

「一人で飲みたいんです。ここにいたくありません」

「しかし、まだ山下が来ないのに」

「特に、あの人の顔を見たくないんです！」そう言って石竹は襖に手をかけようとしたが、一瞬早く、外側から襖が開けられた。開けたのは山下だった。思いがけず山下と鉢合わせする格好になった石竹は、出かかったしゃっくりをこらえるような顔になって立ちすくんだ。

「よお、遅くなってすまん」山下は石竹の肩をぽんとたたくと、室内を見回して笑った。

「なんだみんな、お通夜みたいな顔をして」

「だってお通夜じゃないですか」加藤がぼそっと言った。「ＦＯＸのお別れ会なんですよ」

山下はどっこいしょと言って自分用の席にすわると、手酌でビールを飲み、ああうまいと言ってもう一杯飲んでから加藤に言った。「お別れ会を祝勝会に変える魔法の一言を聞きたいか?」

「そんなものがあるんですか?」

「あるとも。大久保幹事長が辞任した」

スキヤキのぐつぐつ煮える音だけがしている。誰も何も言わない。水沼までが箸を止め、山下をまじまじと見ている。

「嘘だと思うなら――」山下が言うより早く、加藤はスマホを操作していた。「本当だ!みんな見てください」

バラエティ番組の下部にテロップが流れている。〈大久保幹事長、辞任の意向を表明明日記者会見の予定〉

「わけがわかりません。どういう手品です?」谷がたずねた。

山下は数枚のコピーをテーブルに置いた。「明日発売の『週刊桜桃』のゲラだ」

北朝鮮の新型ミサイルに対応するための新迎撃システムを配備すべく、日本政府はアメリカ政府と水面下で交渉を重ねてきたが、最近アメリカ軍に配備された（とされている）、米R社製の新型迎撃ミサイル「メリーアンⅢ」の購入を、契約寸前でとりやめた。

この取引には問題点が二つある。

ひとつはこの売買契約に、与党幹事長の大久保正直氏が関与していたことである。本誌はあるルートから、大久保幹事長と、R社のCEO代理（と称する人物）が会談している録音資料を入手した。

防衛省のミサイル配備計画に現職の幹事長が介入すること自体、あってはならないことだが、本当の問題はもうひとつ別にある。この新型迎撃ミサイルがまったくのフェイクだったということである。

アメリカ軍はいまだ、極超音速ミサイルに対応するミサイルを配備していないし、R社の担当者も、同社は確かに新型迎撃ミサイルを研究開発中であるが、まだ実験段階であると回答している。

ミサイル売買契約の仲介役と称する人物はR社とは何の関係もない詐欺師だった

のである。一人の詐欺師が日本の与党幹事長にミサイル購入を持ちかけ、契約にまで持ち込もうとしたという、これを小説に書いてもバカミスとしか思われないような話だが、事実である。

二〇〇三年にアメリカが、イラクに大量破壊兵器が存在すると主張して軍事侵攻をかけた際、その主張の根拠が「カーブボール」と呼ばれるたった一人の情報提供者の証言だったこと、そしてこの証言がまったくのでたらめであることが事実だったのと同様に。

今回、このことが早い段階でわかったからよかったようなものの、場合によっては、存在しないミサイルの購入契約に防衛省が署名をし、数兆円規模の国家予算をまきあげられていたかもしれない。しかもそれは、わが国の予算を預かる立場である与党幹事長が、このような詐欺にコロリとひっかかったためなのである。大久保閣下は常々、振り込め詐欺にひっかかるような人はよほど注意力が欠けていると公言しておられたのだが。

以上の情報は、海上保安庁情報調査室、通称ＦＯＸから提供されたものである。本誌はこれまでニュースソースの秘匿を厳守してきたが、今回はあえてそれを破る。ＦＯＸの調査精度は、米ＣＩＡのそれに匹敵する高さである。今回、まだ世界の誰も知らないこの情報をいち早くキャッチしたことでそれは証明されている。

ＦＯＸは従来の諜報機関のような、特定政党のための御用機関ではない。独自の規範、独自の方法で動く。ＦＯＸが働くのは国家のためではない、国民のためである——。ＦＯＸの室長から直接聞いたのだが、この言葉なら信じてみたいという言葉を、久々に聞いたように思う。

そのＦＯＸが、最近解散を命じられたのである。裏には大久保幹事長の思惑があったと見られている。幹事長は近い将来、自分自身の悪事をＦＯＸに知られることを警戒したのだろう。その予感はみごとに的中したわけだが。

読者諸兄はどちらを支持されるだろう。国民のために命をかけて働くＦＯＸか、それを自分一人の利得のために葬り去ろうとする幹事長か？


「よっしゃあ!!」

吉本、石竹、谷、加藤が両手をあげてハイタッチをくりかえした。山下は笑いながら酒をすすり、水沼はせっせとスキヤキをつついている。

「一発逆転ですね」石竹は嬉しさのあまり涙を流しながら、山下の杯に酒を注いだ。「長官も、FOX解散を撤回せざるをえないでしょう」

「よかったです、本当に！」谷も、メイクが崩れるのにもかまわず、大泣きしながら言った。

その後の宴席はそれまでのお通夜とは一転し、ひたすら陽気などんちゃん騒ぎとなった。

山下と吉本は一時宴席から脱出し、喫煙室で一服した。

「大久保幹事長は、次期の与党総裁、さらには総理の最有力候補と目されていた人物だったが、これでただの人だ。あっけないものだな」吉本はしみじみと言ってから、思い出したようにこう言った。

「ふしぎなもので、この数カ月、北朝鮮は一度も極超音速ミサイルの発射実験をしていない。北朝鮮だけじゃない、中国もロシアもだ」

「まさか、それをいいニュースだと思うほどおめでたくはないよな？」山下は吉本を横目で見て言った。

「極超音速ミサイルの発射実験をしないのは、それを迎撃するのが当分は不可能であることを、すでに世界中が知っているからだ。

先に撃った方が確実に勝つとわかっている以上、無駄遣いする必要はない。次にミサイルが発射される時は実戦の時だと暗に言ってるんだ。しょっちゅう発射実験をしているより、こっちの方がよほどおそろしいよ。

　アメリカはアメリカで、衛星高度からの、レーザーによる地上攻撃の実験を本格的に開始したそうじゃないか。北朝鮮がミサイルの発射準備をすると同時に、最少時間で攻撃できるようにするために。これは先制攻撃ではなく、アメリカに言わせると予防攻撃だそうだがな。そしてそれを実行するのは人間ではなくＡＩときたもんだ。人間よりＡＩの方が冷静で、的確な判断をくだせるからだそうだ。当然敵国だってそのまねをするだろう。

　これからの戦争はＡＩによるミサイルの撃ち合いになるんだ。ミサイルに当たって死ぬ役目もＡＩが肩代わりしてくれれば言うことはないんだが、そううまくはいかない。傷つき、死ぬのはあいかわらず人間というわけだ」

「なあ山下、おれはときどきおそろしくなるよ」吉本は小声で言った。「これからの世界は、一体どこへ向かうんだろうな」

「君がそんなこと言ってちゃ困るな」山下は苦笑した。「心配ご無用、日本にはおれたちＦＯＸがついてる――と、どうして胸を張れないんだ？」

　そうできたらいいんだが、と吉本が気弱な笑みをうかべたとき、喫煙室のドアが開けられ、谷、石竹、加藤がなだれこんできた。三人ともべろべろに酔って赤い顔をしている。

「いつまでタバコすってるんですか！　こっち来て飲みましょうよ」

「〈手榴弾〉やりましょうよ、手榴弾！」

「それとも河岸《かし》かえてカラオケにしますか？」

山下は、さかんに引っ張られる腕をふりほどこうと苦心しながら言った。「そうもいかん。明日は早いんだ。トッド・ミラーとゴルフの約束がある」

「どうせまた、バンカーでミスショットの数を数えるだけでしょ。あんなへたくそ、どうでもいいじゃないですか」

「へたくそであることには同意するが、聞いておきたいことがあるんだ。どうしてもひとつ」


次の日、防衛大臣が初めてシェルターという言葉を発した。

「防衛省としては、迎撃ミサイル配備と併行して、シェルター建設も進めてまいります」

防衛大臣は、午前中の閣議に出るため廊下を足早に歩きながら言った。

「なぜ急にシェルターを？」報道陣がそれについて歩きながら質問した。

「私は以前からミサイルとシェルターは国防のための両輪だと思っていました。何のぶれもありません」大臣は答えた。

「大久保幹事長が辞任したので、安心してそう言えるということですか？」

防衛大臣は聞こえなかったふりをし、歩き去った。

最後に笑う者

砂に埋まったボールをウェッジが叩いたが、ボールはちょっと動いただけで、またバンカーの斜面をころころと落ちた。

「くそっ！」トッド・ミラーは毒づき、山下が「六」と言った。

「どうしてこの世にはバンカーなんてものがあるんだろうな」トッドはそう言ってまたサンドウェッジを振った。ボールは出なかった。

「七」山下は数えてからトッドにたずねた。「十月二十二日の午後、あんたはどこにいた？」

「横田さ。ＣＩＡの副長官が来日するので、迎えに行ったんだ」トッド・ミラーは答え、ウェッジを振った。

「八――。そうじゃないことは、すでに確かめてある。副長官が横田基地に着いたのは二十二日じゃなく、二日後の二十四日だ」

「そうだったっけ。十月二十二日というのは、何の日だったかな?」

「吉田正英ことキム・ジョンヨンがソウル市内で母親と共に拉致された日だ。親子はいまだに消息不明だ」

「あれは北朝鮮保衛省のしわざだと、韓国政府が発表しただろ?」

「九──。おれも最初はそう思った。しかし北朝鮮にしては手口が鮮やかすぎる。それにもし北朝鮮なら、キム・ジョンヨンを生きたまま誘拐するより、その場で射殺する方を選ぶはずだ」

「しかし、北朝鮮政府幹部のバッジが現場に落ちてたんだろ?」

「十──。バッジを落とすくらい誰にでもできる」

「なるほど」

「否定しないのか?」

「肯定も否定もしないことで、答え以上の答えになることがある。この国から学んだことだ」

「おい、ミラー」

「なんだ他人行儀に。トッドと呼べよ」

「あんたはこの前、おれが磯辺教授を買収するための五万ドルを、いやに気前よく貸してくれたな。ずっとふしぎに思ってたんだが……。あれはキム・ジョンヨンと引き換えるための先渡し金のつもりだったのか？」

「……」

「どうなんだ？」

「誘拐事件にまきこまれて重傷を負った、韓国諜報部のシム・ビョンソだが、順調に回復してるそうじゃないか。よかったな」

「質問に答えろ」

「なあ山下、何が気にいらないんだ。今はすべてがうまく行ってる。大久保幹事長の後任にすわったのは与党きってのリベラル派だ。政府はシェルター建設を議案に乗せるかどうか、本格的に検討することになった。富坂議員もカムバックしたことだし、シェルターはおそらく来年度には建設がスタートするだろう。君たちの努力は報われたんだ。アメリカはそれを喜んで支援するよ。日本がシェルターを作ってくれることはわが国にとってきわめて好都合だ。正確には、好都合であるような情勢になりつつあるんだ。いずれ機会があれば、ゆっくり説明してやりたいが」

「すべて計算のうちか。おれたちが何をしようと、結局あんたたちの手のひらの上で踊らされているにすぎないというわけか！」

トッド・ミラーはなぜか、この言葉に胸をつかれたようだった。「山下、誰かの手のひらの上で踊らされているのは君だけじゃない」

「なに？」

ミラーはポケットからスマホをとりだすとちょっと操作し、液晶画面を山下に見せた。このゴルフ場を中心とした地域の地図が表示され、中央に輝点が出ている。

「miller 1138 THX とある輝点はおれのことだ。CIA本部にリアルタイムで送られ続けている。三百六十五日、二十四時間、おれは本部の誰かに監視されているんだ。そして、おれを監視している誰かもまた、別の誰かに監視されている。その誰かも別の誰かに監視されている。その誰かもまた……。監視されていないCIA局員は――アメリカ国民すべてと言い換えてもいいかもしれないが――一人もいない。

みんなが誰かの手の中にすっぽりと握られているんだ。その誰かが誰なのか、一生知らないまま……。考え出すと夜も眠れなくなるがね、気にしなければそれまでのことさ」

ミラーはスマホをポケットに戻すと、両手でサンドウェッジを握った。視線を足元のボールに向けたまま言った。

「たとえばの話だが、あの親子がいまどこにいるにせよ、決して悪い待遇を受けてはいないはずだ。かれらをさらった連中は、白頭山血統の価値は十分に承知しているはずだからね。もちろん、おれにはかかわりのないことだが——。そう気を悪くするなよ、山下。君とはこれからもずっといい友人同士でありたいと思っているんだから。くそっ、またた。山下、十一回目だぞ。どうしてカウントしないんだ？　まあ別にいいけどな。そろそろソンタク・ルールで行きたいと思うんだがどうだろう。どうした、なんとか言ってくれよ。おい、どこへ行くんだ山下。どこへ行くつもりなんだ？」

【参考文献】

『オールアバウト海上保安庁』（イカロス出版）
『海上保安庁が今、求められているもの』（冨賀見栄一　シーズ・プランニング）
『監視大国アメリカ』（アンドリュー・ガスリー・ファーガソン　大槻敦子訳　原書房）
『北朝鮮　核の資金源』（古川勝久　新潮社）
『北朝鮮入門』（礒﨑敦仁、澤田克己　東洋経済新報社）
『金日成』（徐大粛　林茂訳　講談社学術文庫）
『国際情報戦に勝つために』（太田文雄　芙蓉書房出版）
『サカナとヤクザ』（鈴木智彦　小学館）
『巡航ミサイル1000億円で中国も北朝鮮も怖くない』（北村淳　講談社+α新書）
『知らないではすまされない自衛隊の本当の実力』（池上彰　SB新書）
『「対日工作」の内幕』（時任兼作　宝島社）
『武器になる情報分析力』（上田篤盛　並木書房）

『FOX』に見る〝ニッポン課報組織〟の萌芽

手嶋龍一

欧米で出遭った情報関係者が来日し、時折訪ねてくることがある。出張で東京などに長期間滞在したとはいえ、日本の実情にさして通じているわけではない。袖振り合うも多生の縁という。食事に招いて、国益を損なわない範囲で、彼らの質問には努めて誠実に応じることにしている。そんな折、インテリジェンスを生業にする彼らが一様に口にする疑問がある。

「ニッポンには対外スパイ組織がほんとうにないのか。たとえ公式な行政機構図には載っていなくても、政府の捜査、情報、軍事組織のなかに海外で諜報活動を行う要員を偽装して紛れ込ませているのではないか」

日本のような有力国が、対外情報機関ひとつ持たずに、なぜ世界第二の経済大国にまで昇り詰めることができたのか。『海上保安庁情報調査室 FOX』を手に取った読者もそう思うだろう。ましてや諜報分野で仕事をしている海外のプロフェッショナルたちは誰しもそう考えるにちがいない。日本の領域に密かに浸透してくるスパイやテロリストを監視し捕捉する「カウンター・インテリジェンス機関」なら日本にも存在する。その代表格が警備・公安警察である。公安調査庁も千六百人の公安調査官を擁して海外情報の収集・分析に当たり、主要国の情報機関と機密情報をやりとりする「諜報協力」も行っている。だが、海外に情報要員を配して、敵の中枢から情報を入手する機関を戦後の日本は持たなかった。MI6（英国秘密情報部）やCIA（アメリカ中央情報局）そしてモサド（イスラエル諜報特務庁）に匹敵する組織は存在しなかったのである。

主要国には日本の防衛駐在官を派遣しているではないかと思うひともいるだろう。だが、旧陸海軍の駐在武官とは異なり、防衛駐在官は一時的に身分を外務省に移し、外交官として赴任する。それゆえ、彼らが打つ公電も防衛大臣宛てではない。まず外務大臣に届けられ、親元だけに極秘情報を届けることはかなわない。外交官特権を持っているため、逆に表立った非合法活動は控えざるをえない。G7（先進7か国）では日本だけが海外に自国の情報要員を配しておらず、国家が備えているべき「触覚」をもぎ取られたままなのである。

『海上保安庁情報調査室 FOX』の著者もまた、日本の治安・捜査機関をながく取材しているうち、〝この国には真正のスパイはいないのか〟という疑念に駆られたのだろう。

そうしたなかで、海洋国家ニッポンの最前線に在って、中国、ロシア、北朝鮮といった強権国家と対峙してきた海上保安庁の情報活動に対外インテリジェンス機関の萌芽《ほうが》を見出したにちがいない。本書の主人公で情報調査室を率いる山下正明のモデルとなった海上保安官を取材しているうち、現場の奮闘ぶりを伝えたいと考え、物語の形で筆を執ったのだろう。日本列島を取り囲む海を介して中国、ロシア、北朝鮮と対峙してきた者たちが、相手の懐に深く入り込まずに彼らの意図を摑むことなど出来るはずがない。そんな著者の思いが行間に滲み出ている。

北朝鮮が長距離ミサイルを発射したという急報を受け、「Jアラート」を下令すべきか。総理官邸に衝撃が走る場面からこの物語は幕を開ける。著者の問題意識が鮮明に窺われるシーンだ。日本政府は「全国瞬時警報システム」と呼ぶ通信システムを通じて、関係自治体の住民に避難を呼び掛けることになっている。だが、核攻撃に備えた地下シェルターや退避トンネルは何処にも造られていない。警報を受けた子供やお年寄りが身を隠そうにも、この国には本格的な退避施設など見当たらない。

その一方で北朝鮮のミサイル発射技術は急速な進化を遂げている。これに対して日本のミサイル防衛網の整備は遅々として進んでいない。政府は向こう五年間で総額43兆円にのぼる巨費を投じて防衛費を増額するとしている。だが、肝心のミサイル防衛網は、日本は潜在的には優れた技術力を秘めながら、巨額の税金を投じてアメリカ製のシステムを購入しているのが実情なのである。コロナ禍に見舞われ、ひたすら欧米の医薬品メーカーに頭を下げてコロナ・ワクチンを売ってもらった苦い教訓に少しも学んでいない。日本の現状に対する著者の憤りが作品から伝わってくる。

日本では先頃、ＴＢＳのテレビドラマ「ＶＩＶＡＮＴ」が大ヒットし話題を呼んだ。陸上自衛隊の極秘の情報部門に属するスパイが中央アジアの国に潜入して活躍する物語だ。いまの日本にもこんな逸材がいてくれれば――日々の暮らしのなかでそう感じている人々の心を摑んだのだろう。外交・安全保障に特別の知見などなくても、日本にも対外情報機関が必要だと人々は勘づいているのである。主人公が所属する秘密組織「ＶＩＶＡＮＴ」は、陸上自衛隊の情報組織「ＢＥＰＰＡＮ」をモデルとしている。「ＶＩＶＡＮＴ」で活躍したようなスパイはいるのかと多くのメディアに聞かれ、筆者は次のように答えた。

「このＶＩＡＮＴ現象なるものは、日本人の不安な気持ちを的確に掬《すく》い取っている。台湾海峡の危機が囁かれ、朝鮮半島に核の影が伸びるなか、本格的な対外情報機関を持っていない日本の現状を心配する人々の心を鷲摑みにしたのだろう」

そう指摘したうえで、いまの日本が対外情報組織を持っていないのは、三つの基礎条件を欠いているからだと指摘した。第一は、対外情報活動には相当な予算が要るのだが、正式な組織でなければ予算は認められるはずがない。第二は、海外の情報要員に本国から極秘の指令を発し、報告を受けるための通信システムがない。傍受を防ぐ高度な暗号システムを備えた通信手段無くしては諜報活動は成立しない。第三は、海外に在って過酷な任務を遂行する人材が揃っていない。こうした人材を育てるには半世紀もの時間と労力を要するのである。身分を偽装して海外に情報要員を送り込むにも、現行の法律では名義の異なるパスポートひとつ用意することがかなわない。これがいまの日本の現実なのである。

上記のように三つの基礎条件を欠いたまま、日本の情報組織が外国でスパイ活動を試みようとすれば方法はたった一つしかない。外部のエージェントをカネで雇って標的とする国に送り込んで機密情報を入手する。『ＦＯＸ』もこうした〝インテリジェンスの文法〟に則ってストーリーが展開されている。大学教授の磯部誠一を北朝鮮に送り込み、長距離ミサイルの組み立て棟に潜入させ、工作機械の一つひとつを写真に撮影させる。だが、国家が運営する情報組織の正規の要員でない者を敵地に送り込めば、裏切りや露見のリスクが常に付きまとう。現に戦後の日本の情報機関は、相手国から手ひどいしっぺ返しを受けてきた。中国に送り込んだ日中友好団体の幹部や研究者それに民間企業の駐在員の身柄が次々に摘発され、その多くが獄に繋がれたままだ。

〝インテリジェンス〟とは、雑多で膨大な〝インフォメーション〟から選り抜き、彫琢し抜かれた情報をいい、国家の舵取りを委ねられたリーダーにとって決断の拠り所となる。『海上保安庁情報調査室 ＦＯＸ』の出版も一つのきっかけとなって、この国にも本格的な対外インテリジェンス機関が誕生し、国家の針路を定める〝長い耳〟となることを望みたい。

（外交ジャーナリスト・作家）

本書は2022年5月徳間書店より刊行されました。
なお本作品はフィクションであり実在の個人・団体などとは一切関係がありません。

徳間文庫

海上《かいじょう》保《ほ》安《あん》庁《ちょう》情《じょう》報《ほう》調《ちょう》査《さ》室《しつ》

FOX

2024年5月15日 初刷

著者 川《かわ》嶋《しま》芳《よし》生《お》
協力 竹《たけ》岡《おか》繁《しげる》
発行者 小宮英行
発行所 株式会社徳間書店
東京都品川区上大崎三-一-一 〒141-8202
目黒セントラルスクエア
電話 編集〇三(五四〇三)四三四九
販売〇四九(二九三)五五二一
振替 〇〇一四〇-〇-四四三九二
印刷
製本 大日本印刷株式会社

ISBN978-4-19-894945-7 (乱丁、落丁本はお取りかえいたします)